Günter Herlt
Aber Oma!
Heitere Kurzgeschichten
vom Wohl und Wehe der jungen Alten

Eulenspiegel Verlag

ISBN 3-359-01446-4

© 2003 (2002) Eulenspiegel · Das Neue Berlin
Verlagsgesellschaft mbH & Co. KG
Rosa-Luxemburg-Str. 39, 10178 Berlin
Umschlaggestaltung: Peperoni Werbeagentur, Berlin
Printed in Germany

Die Bücher des Eulenspiegel Verlags
erscheinen in der Eulenspiegel Verlagsgruppe.

www.eulenspiegel-verlag.de

Inhalt

Omas als solche	6
Omas Einkaufstasche	9
Oma geht zum Film	13
Oma greift zum Steuer	18
Oma und die Null-Diät	27
Oma entschlüsselt Geheimbotschaften	33
Oma fragt die Sterne	37
Oma am Fleischstand	41
Oma und der Fahrlehrer	45
Oma feiert Frauentag	47
Oma und der Beipackzettel	52
Oma irritiert die Marktforscher	54
Oma und die Weißen Nächte	58
Oma sucht ein Brautkleid	65
Oma schreibt ans Werbefernsehen	71
Omas Abschiebehaft	76
Oma soll zum Kanzleramt	80
Oma auf der Wellness-Farm	84
Oma tröstet Basti	89

Omas als solche

Alle Illustrierten und Life-Style-Magazine warnen vor den junggebliebenen Omas.
Die sehen mit 70 so aus wie ihre Omas mit 50. Die sind fit wie ein Turnschuh. Die verjubeln ihre Witwenrente bei Fango und Tango in den südlichen Kurbädern. Wenn nicht, machen sie Kaffeefahrten zwischen Zugspitze und Sylt und gehen dem Busfahrer an die Wäsche. Hinterher lassen sie sich im Kosmetiksalon die Falten wegbügeln oder lästern in der Sauna über die Knattergreise im Wohnviertel.
Allerdings gibt es zwischen den Ost-Omas und den West-Omas noch gewisse Unterschiede. Die West-Omas haben zumeist dickere finanzielle Polster für die Freizeitgestaltung. Sie vermeiden in besseren Gegenden, mit der ALDI-Tüte über die Straße zu gehen. Sie kennen alle Tücken der Marktwirtschaft und des Kreditwesens. Ihr Tag beginnt auf der Inseratenplantage der Lokalzeitung mit dem Studium der Sonderangebote, der Heiratsannoncen und der Horoskope. Die Sippe wird meist aus der Distanz betrachtet. Schon wegen der Erbschleicherei.
Die Ost-Omas haben meist engere soziale Bindungen bei der Brutpflege. Sie haben noch immer am Systemwechsel und der Umwertung aller Werte zu kauen. Sie wissen, trotz der vielen bunten Blätter in den Wartezimmern der Ärzte und bei den Friseuren, kaum, welche Hobbys Prinzessin Caroline pflegt. Sie begreifen aber allmählich, daß die Enkel die andere Welt mit anderen Augen sehen: Da geht es weniger um Weltverbesserung und mehr um Selbstverwirklichung. Die Mahnung: »Borgen bringt Sorgen!« wird überklebt mit der Bankwerbung: »Heute kaufen - morgen zahlen!«

Man fragt nicht nach dem Gebrauchswert einer Ware, sondern nach dem Kurswert der Marke. Bescheidenheit ist Selbstverstümmelung. Hast du was, dann bist du was! Hoppla, jetzt komm ich! Und: Ich lebe heute! Solche Sprüche werden bei älteren Leuten oft zu Gallensteinen. Aber das hat die moderne Medizin in einer Woche repariert. Und auch nach dem dritten Bypass kann man sich noch wunderbar aufregen. Zum Beispiel, wenn die Kinder und Enkel abwinken und sagen: »Du siehst das alles viel zu verbissen!«

Was alle Omas dieser Welt abwechselnd unersetzlich und unerträglich macht, ist der Umstand, daß sie alles erlebt haben, was ein so Erdenbürger durchleben muß, und daß sie daher auch zu allen Fragen eine ausgeprägte Meinung haben. Selbst wenn diese Meinung oder diese Oma – oder beide – auf wackeligen Füßen stehen.

Man kann die Omas im Alltag nach zweierlei Verhaltensweisen unterscheiden:

Die einen sind allgegenwärtig und sagen alles, was ihnen aufstößt, weil sie als Oberbefehlshaber der Sippe ihre Aufsichtspflicht bis ins Grab ausüben.

Die anderen schütteln nur noch gelegentlich den Kopf. Sie halten Abstand von den Nachgeborenen, weil sie von denen ohnehin nur als Pflegefall behandelt werden.

Da jeder verheiratete Mensch mit zwei Omas zu tun haben kann, können sich die Probleme verdoppeln. Wenn die dazugehörigen Opas zugegen sind, auch vervierfachen. Ebenso natürlich auch die segensreichen Hilfeleistungen wie das Sponsern des neuen Autos, das Bügeln der Wäsche oder die Stallwache bei den Kindern.

Unsere Oma gehört zu den allgegenwärtigen. Wenn meine Frau beim Arzt war, steht Oma vor der Tür und fragt: »Na, alles in Ordnung?« Wenn ich an der Haltestelle zur Mahnwache gegen die Fahrpreise antrete, kommt Oma mit der Thermoskanne und fragt: »Willste 'n heißen Kaffee?« Wenn unsere Tochter in der Schule ihre Mathearbeit vergeigt hat, steht Oma mit Gummibärchen vor dem Tor. Wenn unser Sohn früh um sechs zur Klassenfahrt am Busbahnhof steht, biegt Oma um die Ecke und schiebt ihm ein Taschengeld zu. Selbst wenn wir vorher anrufen und sagen: »Wir müssen den Flur renovieren, bleib an diesem Wochenende bloß zu Hause!« Wer steckt dann den Kopf und einen Pflaumenkuchen durch die Tür? Na, Sie wissen schon! Nun gibt es aber auch allwöchentlich Störfälle, die ohne Omas Nothilfe zur Katastrophe auswachsen könnten: Ein Möbeltransport am Vormittag, das Ablesen der Wasseruhr um Mittag, die Reparatur der Waschmaschine am Nachmittag, Spinat in der Schulküche, der die Enkel zur Döner-Bude treibt, oder die Bauchschmerzen am Tag danach. Gott schütze alle Vollbeschäftigten, die keine Oma haben!

Der Bundesverband der Deutschen Arbeitgeber sollte endlich den Großeltern unseres Landes ein Denkmal setzen. Selbst wenn das Monument Millionen kostet, wäre das nur der Bruchteil des Nutzens, den der ständige Katastrophendienst der Altvorderen unserer Nationalökonomie einbringt.
Da eine solche Spende der Unternehmerverbände nicht zu erwarten ist, soll dieses Büchlein eine heiter-ironische, aber ganz tiefe Verbeugung sein.

Der Autor im Frühjahr 2002

Omas Einkaufstasche

Zweimal im Jahr – vor Omas Geburtstag und vor Weihnachten – stellen wir uns händeringend die Frage: Was sollen wir Oma bloß schenken? Ältere Leute haben eben alles, was sie brauchen und nicht brauchen. Letztens rief meine Frau: »Ich weiß, was wir Oma schenken können: Eine neue Einkaufstasche!«
Ich war sofort dafür. Oma hat eine Art Ledersack als Einkaufstasche, der mindestens fünf deutsche Regierungen überstanden hatte. Das Leder ist so verbeult, verblichen und verschrammt, daß die Kaufhausdetektive in Lauerstellung gehen, wenn Oma durch den Eingang kommt. Oma zieht aber nie ohne diese Tasche los. Und würde man auf einen Haufen tragen, was sie uns damit ins Haus geschleppt hat, könnte man bestimmt hundert Güterwaggons füllen. In Omas Tasche passen alle Schätze dieser Erde. Sie ist nach jedem Einkauf so schwer, daß Omas Arme immer länger werden. Schon deshalb war eine neue, kleinere und schönere Tasche fällig.
Wir ahnten aber nicht, daß alle Gründe, die wir für eine Neuanschaffung zusammentrugen, für Oma nicht zählten. Und weil wir das nicht ahnten, kauften wir in einem italienischen Lederladen ein handgearbeitetes Prachtexemplar in Bordeauxrot mit verchromten Griffen und dezentem klassizistischem Prägemuster, bei dessen Anblick jeder Portier eines Fünf-Sterne-Hotels salutiert hätte.
Wir hatten die kostbare Tasche zwischen Seidenpapier in einen Karton packen lassen, umwickelten den Karton mit güldenem Geschenkpapier und einer violetten Schleife. Wir stellten eine Kerze daneben und zündeten sie an, um Omas Augen leuchten zu sehen. Doch

als Oma dann um den Gabentisch schlich und nach dem Karton griff, da kniff sie ihre Augenlider wie Schießscharten zusammen: »Was habt Ihr denn da wieder angeschleppt? Ihr sollt doch nichts Unnützes kaufen!«
Ich sagte: »Drum haben wir dir etwas sehr Praktisches gekauft!«
Oma schickte einen schiefen Blick über ihre Brille, zupfte das Band auf und holte die Tasche hervor, um sie gleich wieder in den Karton fallen zu lassen: »Ich hab doch eine Einkaufstasche!«
Meine Frau sagte: »Die ist doch uralt, Omi.«
»Ich bin auch uralt!« schmetterte Oma zurück.
Ich wollte beschwichtigen: »Deine alte Tasche ist viel zu groß und viel zu schwer.«
»Trag *ich* die oder *du*?« knurrte Oma.
»Guck sie dir doch erst mal an«, riet meine Frau.
Aber das hätte sie lieber nicht sagen sollen.
Oma griff nach der Tasche und legte los: »Die ist doch viel zu schwer! Das liegt am Leder. Und die Farbe ist viel zu empfindlich. Da sieht man doch jeden Kratzer drauf. Was sind denn das für Griffe?«
Ich sagte: »Verchromt, ganz was Edles!«
»Sieht aus wie Aluminium«, nörgelte Oma. »Ist auch kalt in der Hand. Und ob *die* Griffe halten, wenn ich Kartoffeln, Selters und Waschpulver drinnen habe, das glaubt Ihr doch selber nicht.«
»Guck doch erst mal rein«, meinte meine Frau.
Oma öffnete die Tasche und schimpfte los: »Nun guckt Euch das an – da ist ja nicht mal wasserdichtes Futter drin, wie in meiner alten Tasche. Wenn da mal eine Milchtüte aufplatzt, hab ich nasse Beine! Die Seitentaschen sind so hoch angesetzt, daß sich die Taschendiebe nicht mal bücken müssen, um reinzulangen. Und eine Schlüsseltasche außen gibt's auch nicht!«

Da grollte meine Frau: »Du steckst deine Schlüssel sowieso nicht in die Außentasche.«
»Aber immer!« trumpfte Oma auf.
»Aber nie!« konterte meine Frau.
»Denkst du, ich hänge sie mir um den Hals?«
»Nein, du wirfst sie in die Tasche, wo du sie zwischen allem Krempel nicht mehr wiederfindest!«
»Nu mach aber mal halblang!«
»Na, dann hol doch deine Tasche mal her, und zeig uns die Schlüssel!«
Oma ging in den Flur und kam mit der alten Tasche wieder. Sie langte hinein ... und brachte ein Päckchen Tempo-Tücher ans Licht.
»Die brauch ich, wenn ich vom Kalten ins Warme komme.«
Sie langte wieder hinein und brachte einen zusammenfaltbaren Einkaufsbeutel hervor: »Den brauch ich, wenn die Tasche mal zu voll wird.«
Sie langte wieder in die Tasche und zog einen Mini-Knirps heraus.
»Wenn's mal gießt!« sagte sie.
Beim nächsten Zugriff hatte sie eine Regenkapuze in der Hand.
Ich griff danach und sagte: »Schirm *und* Kapuze ist doppelt gemoppelt!«
Oma nahm mir die Kapuze aus der Hand und raunzte: »Denn klapp *du* mal den Knirps auf. Ehe du damit fertig bist, ist der Regen vorbei!«
Oma guckte in den Ledersack, klopfte an die Seitentaschen, griff hinein ...
»Na, bitte, hier hab ich sie ... ach nee, das sind ja *Eure* Schlüssel!«
Sie griff noch mal in dieselbe Ecke: »Ach, Gott, das ist ein neuer Büchsenöffner. Den hab ich schon so gesucht!«

Sie griff erneut in die Tasche und hatte ein Fläschchen Kölnisch Wasser in der Hand:

»Braucht man manchmal unterwegs«, sagte sie schulterzuckend.

Dann zog sie ein ledernes Etui hervor und strahlte: »Jetzt hab ich sie ... doch nicht! Das ist meine Ersatzbrille.«

Ich winkte ab, zog die neue Tasche wieder aus dem Karton und sagte: »Nimm *die*, Mutter, dann hat das Suchen ein Ende. Da hast du für alles ein Fach an der Seite.«

Aber Oma schüttelte den Kopf: »Wenn ich das alles da reinstecken soll, dann ist die Tasche voll, ehe ich in der Markthalle bin.«

»Aber Oma!« rief meine Frau: »Du könntest getrost die Hälfte davon wegschmeißen.«

Oma zischte: »Was denn, bitteschön? Meine Brille, meine Ausweise oder meine Regenkappe? Zahlt *Ihr* mir den Friseur, wenn's pladdert?«

Mir war die Feiertagsstimmung vergangen. Ich wollte die Sache vom Tisch haben: »Mit anderen Worten, du willst die Tasche auf keinen Fall haben?«

»Das habe ich nicht gesagt!«

»Aber gemeint«, sagte meine Frau.

»Habt Ihr denn die Quittung aufgehoben, damit man sie zurückbringen kann?«

»Natürlich haben wir die Quittung aufgehoben. Aber wann komme ich wieder zu dem Italiener am Stadtrand?«

»Da kann ich doch vorbeigehn?« sagte Oma.

»Na, fein. Und wie bringst du das Prachtstück da hin? Der Karton ist inzwischen zerfleddert!«

»Na, ganz einfach: Das stecke ich in meine alte Tasche!«

Oma geht zum Film

Es fing ganz harmlos an. Oma bat die fünfzehnjährige Enkeltochter Claudia, am Nachmittag bei ihr vorbeizukommen, um für die Mutti etwas abzuholen.
»Heute nachmittag kann ich nicht«, sagte Claudia.
»Warum nicht?« fragte Oma.
»Weil mich eine Filmtruppe zu Probeaufnahmen bestellt hat«, sagte Claudia.
Nun gibt es ja Mütter und Großmütter, die bei solcher Mitteilung jauchzen: »Probeaufnahmen? Beim Film? Na, endlich! Ich hab es ja immer gesagt: Dein Gesicht gehört auf die Leinwand! Als ich so jung war wie du, hatte ich ja auch ein richtiges Puppengesicht. Was zahlen die denn? ...«
Andere Mütter und Großmütter reagieren anders. Bei Oma klang das so:
»Probeaufnahmen? Ausgerechnet du? Was soll denn das für'n Film werden?«
»Weiß ich nicht.«
»Na, mußt du doch wissen! Ist das Werbung oder irgend so'n Schweinkram?«
»Was denn für'n Schweinkram?«
»Na, wollen sie dich anziehen oder ausziehen?«
»Das weiß ich doch erst, wenn ich da war.«
»Dann ist es zu spät, Mädchen. Aber das verstehst du nicht.«
»Was soll ich denn machen?«
»Bleib ruhig. Ich geh mit. Ich kümmer mich!«

Der Drehstab hatte in der Turnhalle der Schule seine Scheinwerfer und Kameras aufgebaut. Der Produzent wollte nach einer berühmten Romanvorlage die Irrungen und Wirrungen der ersten Liebe erzählen. Das Kultusministerium gab Fördergelder dafür. Die Sache war also astrein. Doch Oma wußte nichts von diesem Drehbuch, und der Regisseur wußte nichts von Omas Befürchtungen.

Oma nahm Claudia an die Hand und ging zur Turnhalle. Als sie die große Tür öffnete, strahlte ihr ein gleißendes Licht in die Augen und eine kräftige Stimme rief: »Wer schickt denn jetzt die Oma rein? Die ist doch gar nicht dran! Raus! Und dann alles noch mal auf Anfang! Und Ruhe, bitte! Wir sind hier abends um zehn am einsamen Strand und nicht morgens um zehn auf dem Jahrmarkt.«

Oma war erschrocken zurückgewichen und hatte Claudias Hand noch fester umklammert. Doch da nahte aus dem Halbdunkel der Umkleidekabine der langmähnige Aufnahmeleiter und rief: »Da ist ja die Kleine, die wir bestellt haben! Nun aber ganz fix raus aus den Klamotten und rein in den Badeanzug!«

Oma stellte sich breit in den Weg und wetterte: »Hab ich mir's doch gedacht! Ausziehen ist nicht, Sie Lustmolch!«

»Wer sind Sie denn?« fragte der Aufnahmeleiter verdaddert.

»Eine Erziehungsberechtigte. Und Sie?«

»Der Aufnahmeleiter.«

»Und was wollen Sie hier mit meiner Enkeltochter aufnehmen?«

»Der Film heißt ›Schmetterlinge‹. Der ist jugendfrei. Ganz harmlos.«

Oma stemmte die Fäuste in die Hüften und schimpfte: »Sie denken wohl, ich bin doof? Wenn sich meine Kleene ausziehen soll, dann ist der Film nicht jugendfrei. Und wenn Sie was vorhaben, was nicht jugendfrei ist, dann ramm ich Ihnen mein Knie in den Bauch, dann

vergeht ihnen das! Platz da! Wir gehn nach Hause.«
Weil Omas Knie tatsächlich nach oben zuckte, sprang der Aufnahmeleiter erschrocken zurück. Doch dann begann er zu flehen: »Hören Sie zu, liebe Frau: Ich habe drei Monate mit den Schulbehörden um die Drehgenehmigung gekämpft. Ich habe zehn Tonnen Sand vom Baggersee rangekarrt. Ich habe die Turnhalle eine Woche lang vorheizen lassen. Ich habe 127 junge Hühner – Verzeihung! – halbwüchsige Mädchen – zu Sprechproben antanzen lassen. Der Regisseur hat sich schließlich an Ihrer Enkeltochter festgebissen ...«
»Wenn der die anknabbert, hat er gleich keine Zähne mehr! Wo steckt der Kerl?«
Ob es nun der Lärm auf dem Flur oder ein ausgefallener Scheinwerfer in der Halle war – der Regisseur stand plötzlich neben den dreien auf dem Flur. Als Mann mit schneller Auffassungsgabe erkannte er sogleich den Konflikt und glättete die Wogen: »Claudia, Kindchen, schön, daß du da bist!«
Dann begrüßte er Oma: »Gehe ich recht in der Annahme, daß Sie die Mama sind?«
Oma schätzte gerade wieder die Reichweite ihres Knies, war aber von dem unverschämten Kompliment des Filmemachers ziemlich gelähmt.
»Nicht doch. Ich bin bloß die Oma.«
Der Regisseur vollführte nun einen gekonnten Hofknicks und röhrte:
»Wenn du noch eine Oma hast, dann danke Gott, und sei zufrieden. Nicht jedem auf dem Erdenrund ist dieses große Glück beschieden!«
Oma klappte der Unterkiefer herunter. Sie schnappte wie ein Karpfen nach Luft. Doch dann hatte sie sich gefangen und legte los: »Was wird hier eigentlich gespielt? Meine Enkeltochter weiß bloß, daß sie

gebraucht wird, aber nicht wozu. Ihr Windhund hier meinte schon, sie soll sich fix ausziehen. Und Sie jagen mich aus der Turnhalle, wo die halbnackten Mädchen rumlaufen. Nu erzählen Sie mir bloß nicht, daß Sie einen Naturfilm über Schmetterlinge drehen!«

Der Regisseur mußte grinsen: »Es geht tatsächlich um Schmetterlinge, aber um jene im Bauch, die die erste Liebe flattern läßt. Und weil es in der Natur noch zu kalt ist, drehen wir die Strandszenen hier in der warmen Turnhalle. Und da man am Strand einen Badeanzug trägt, laufen die Mädchen etwas freizügig in der Halle rum. Das sind aber alles keine Gründe zur Besorgnis.«

»Ob ich mir Sorgen mache, müssen Sie mir überlassen. Wie weit geht denn das mit der Liebe? Ist das platonisch, oder knutschen die richtig?«

Nun rief Claudia: »Aber Oma!«

Doch Oma raunte: »Du bist still! Das verstehst du nicht.«

Der Regisseur sagte ruhig: »Die Darsteller machen alles das, was junge Leute in diesem Alter machen.«

»Ach, nee!« rief Oma. »Wissen Sie, junger Mann, ich war oft genug an der See, um zu wissen, daß es nicht immer am Wind liegt, wenn abends die Strandkörbe wackeln.«

Der Regisseur lächelte nachsichtig: »Wir haben hier keine Strandkörbe und lassen auch sonst nichts wackeln. Das Drehbuch ist staatlich gefördert worden.«

Aber Oma forschte weiter: »Und warum sind die Badeanzüge so klein, daß sie in mein Portemonnaie passen?«

Der Regisseur blieb ruhig: »Weil junge Leute heute keine knielangen gestreiften Einteiler mehr tragen.«

»Ich merke schon, daß Sie auf alles eine Antwort haben. Aber wehe, wenn das nicht stimmt und wenn Sie hier irgendeinen Porno drehen. Man liest jetzt so viel in der Zeitung.«
»Wenn Sie wollen, können Sie gerne das Drehbuch lesen. Das hatte ich der Mutter von Claudia übrigens auch angeboten.«
»Da hat sie mir gar nichts von gesagt. Außerdem hatten Sie *mich* doch eben für die Mutter gehalten? Was stimmt denn nun?«
»Zugegeben, das mit der Anrede vorhin war geflunkert. Aber alles andere stimmt. Und jetzt, wo ich Sie so erlebt habe, gehe ich noch einen Schritt weiter: Es gibt eine Oma in unserem Drehbuch. Die derzeitige Besetzung ist mir ein bißchen zu nett. Sie haben mehr Haare auf den Zähnen. Und ansehnlich sind Sie auch.«
»Was denn, ich soll mich hier auch noch ausziehen? Das können Sie sich abschminken, Sie Zelluloid-Casanova! Ich werde mir das Drehbuch angucken – wegen Jugendschutz und so. Aber mehr ist nicht! Ist das klar? Außer ... mal so gefragt ... was kriegt man denn dafür pro Tag?«

Der Regisseur schickte Claudia in die Garderobe und nahm Oma mit in die Halle, damit sie die Dreharbeiten eine Weile beobachten konnte. Danach hatte Oma den Eindruck, daß das Filmvorhaben doch akzeptabel war. Und der Regisseur hatte den Eindruck, daß Oma sein Drehbuch doch heftig durcheinanderbringen könnte. Man trennte sich im gegenseitigen Einvernehmen.
Nur Claudia weigerte sich, Oma auf dem Nachhauseweg die Hand zu geben.
»Ist was?« fragte Oma.

· 17 ·

Claudia schüttelte den Kopf.
»Nun mal raus damit!« bohrte Oma.
Claudia schluchzte: »Hätte ich mir denken können, daß du mir die Rolle wegschnappst!«
Oma mußte lachen: »Quatsch, Mädchen! Das verstehst du falsch. Die sollen dich haben. Das Unternehmen macht einen ganz soliden Eindruck. Und du glaubst doch nicht, daß deine Oma mit so'n Bananengürtel wie die Josephine Baker an dem Ersatz-Strand Eis verkaufen wird?«
Aber Claudia sah Grund zum Zweifeln: »Mutti hat erzählt, daß du ein ganz schräger Vogel am FKK-Strand warst!«
»Blödsinn!« sagte Oma. »Damals in der DDR war doch überall FKK-Strand.«
»Wegen der sexuellen Revolution?« fragte Claudia.
»Mumpitz! Wir kannten bloß eine Revolution. Aber die hatte die allgemeine Gleichheit verkündet. Also mußte sich auch keiner verkleiden. Schon gar nicht im Wasser. Wobei ich glaube, daß die Auszieherei mehr so'n Protest gegen die lappigen Badeanzüge war. Aber das kannst du nicht versteh'n. Deiner sitzt gut. Da kannst du den Knaben richtig einheizen! Wenn nicht, holen wir jetzt gleich 'nen Tanga mit Spaghettischnüren!«
»Oma, du bist die Größte!«

Oma greift zum Steuer

Die Überschrift ist eigentlich Nonsens, denn Oma steht bei uns immer am Steuer. Aber nun möchte sie sich wieder hinter das Steuer ihres Autos klemmen. Sie hatte, was sie ihren »japanischen Ersatz-Trabi« nennt, nur deshalb vor einem Jahr »eingemottet«, weil ihr die Ord-

nungsgelder und Strafpunkte über den Kopf gewachsen waren. Aber inzwischen sind einige Delikte in der Flensburger Verkehrs-Sündenkartei erloschen. Außerdem hatte ihr das Ordnungsamt mitgeteilt, daß sie vier von acht anstehenden Punkten abbauen könne, wenn sie Nachhilfe bei einer Fahrschule nehmen würde.
Oma schüttelte den Kopf: »Da muß ich womöglich alle Paragraphen herbeten. Und dann geht wieder das Rückwärts-Einparken los!«
Aber Else, ihre beste Freundin, sah das anders: »Überleg mal, was wir für schöne Fahrten gemacht haben! Rügen, Dresden, sogar Salzburg haben wir gesehen!«
»Hör auf mit Salzburg, da haben sie mir hinten die Beule verpaßt!«
»Aber seit Salzburg hörst du Mozart mit anderen Ohren.«
»Weil ich immer noch das Krachen auf der Kreuzung höre.«
»Die Beule konnte man doch kaum sehen.«
»Aber die Rechnung kannst du heute noch sehen!«
»Apropos Rechnung: Rechne mal nach, was uns eine Bahnfahrt nach Salzburg kosten würde! Und die Ausflüge in die Umgebung!«
»Das kostet als Kaffeefahrt 50 Euro.«
»Ja, schon, aber wenn du zurückkommst, hat dir der Veranstalter eine Matratze mit Rheumadecke für 300 Euro aufs Kreuz gebunden!«
»Gib's zu, Else. Du willst, daß ich meine Karre wieder flottmache?«
»Ich dränge nicht. Ich rechne nur.«
»Was rechnest du?«
»Wieviele Sonderangebote auf den Supermärkten am Stadtrand uns entgehen.«
»Ach so, ich verstehe schon. Und nur deshalb soll ich

nun das Sonderangebot der Fahrschule annehmen?«
»Geh doch mal hin. Manchmal bist du an den Kreuzungen ganz schön verunsichert.«
»Ach, nee? Woran merkst du denn das?«
»Du hängst dann wie ein Klammeraffe am Lenkrad. Ich meine ... Ich würde mich überhaupt nicht an's Steuer trauen!«
»Aber dazwischenquatschen, das liegt dir?«
»Nur, wenn du mal ein Schild übersehen hast!«
»Dann muß ich aber zum Optiker und nicht in die Fahrschule.«
»Am besten, du machst beides.«
»Manchmal bist du richtig nervig, Else!«
Weil zwei Häuser weiter ein Fahrlehrer seine Dienste anbot, ging Oma mal vorbei, um zu fragen, wie das mit solcher »Nachhilfe« abliefe. Der Chef war ein Graukopf, dessen ruhiges Wesen vertrauenerweckend war. Er sah etwas alleingelassen aus zwischen seinen Papierstapeln. Um so freudiger war seine Begrüßung:
»Ich beglückwünsche Sie zu diesem Entschluß, liebe Frau!«
»Ich hab mich noch nicht entschlossen«, bremste Oma.
»Verstehe! Als reifer, erfahrener Mensch empfinden Sie ›Nachhilfe‹ als ehrenrührig. Deshalb sprechen die Behörden ja auch von einem ›Aufbaukurs‹«.
»Das ist doch Jacke wie Hose!«
»Eben nicht! Wir machen keine Prüfung. Es gibt keine technischen Unterweisungen. Wir plaudern mit den Teilnehmern nur über ihre Erfahrungen und Probleme im Straßenverkehr und fahren auch mal um vier Ecken – aus Spaß an der Freude.«
»Na, dann können wir das ja morgen vormittag hinter uns bringen?«
»Ganz so fix geht das leider nicht, liebe Frau. Ich brau-

che mindestens sechs Teilnehmer für den Kurs. Aber vier stehen schon auf der Warteliste. Dann mache ich den Seminarplan für sechs Doppelstunden plus Probefahrt. Und vorher hätten sie 300 Euro zu entrichten.«
»300 Euro? Dafür kann ich mich ja zweimal abschleppen lassen!« nörgelte Oma. »Und dann sitze ich da zwischen lauter Kriminellen?«
»Aber nicht doch! Das sind doch keine Kriminellen, nur eine Art Pechvögel, wie Sie doch auch. Und was steht in der Bibel? ... ›Es wird mehr Freude sein über einen reuigen Sünder, denn über zehn Gerechte!‹«
»Na, klar, wenn jeder 300 Euro in die Kasse bringt, da würde ich mich auch freuen!«

Zu Hause griff Oma zu ihrem Taschenrechner und addierte jene Posten, die ihr das Fahren verleidet hatten: Nicht die Benzinkosten. Auch nicht die Reparatur der Verschleißteile. Aber die Parkgebühren, die Abschleppkosten, die Ordnungsgelder für überhöhte Geschwindigkeit und die selbstgemachten Beulen. Aber das müßte eigentlich mit dem »Aufbaukurs für Pechvögel« zu halbieren sein ...
So kam denn der erste Schulungsabend in der Fahrschule nebenan. Da saß sie bestaunt oder bemitleidet von fünf Kerlen zwischen 20 und 60, die allesamt so guckten, als wollten sie sagen: Weiber gehören an den Topf und nicht ans Steuer!
Aber der Fahrlehrer hatte sofort eine Ehrenrettung für Oma parat: »Meine Herren, seien Sie nett zu der einzigen Dame in unserer Runde. Sie ist zwar nach Lebensjahren der Jugendweihe etwas entrückt. Dafür ist aber ihr Punktestand in Flensburg halb so hoch wie bei allen anderen Teilnehmern.«

Die anderen Teilnehmer, das war zum Beispiel Hanno, Anfang 20, Streichholzhaare senkrecht, aber nicht unsympathisch. Der fragte auch gleich bei der Begrüßung: »Wat hast du denn verbrochen, Oma?«
Oma sagte: »Nichts. Aber manchmal bin ich wohl zu schnell.«
»Oma is zu schnell!« rief der Knabe. »Is ja saustark!«
Nun fragte Oma: »Und was haben Sie auf dem Kerbholz?«
Worauf Hanno in den Knien wippte und erklärte: »Ick hab 'n Dreier BMW unterm Hintern, wenn dir det wat sagt. Is 'n schneller Hirsch. Dabei ha'm se mir mit Jeschwindigkeit nie erwischt, weil ick zu schnell für se bin. Aber ick hab die Karre natürlich ooch tiefer jelegt, Breitreifen ranjeschraubt, 'n scharfen Heckspoiler ruffjesetzt, die Scheinwerfer umjebaut – für 'n ›Bösen Blick‹. Und da ha'm se mir zweemal hochjezogen wegen unregistrierte technische Veränderungen. Jetzt muß ick den janzen Schicki-Micki wieder abbauen, wat unheimlich Kohle jekostet hat. Aber uff'n Tretroller kriegen se mir nich wieder!«
Für Oma war das ein komplizierter Fall. Da verstand sie ihren linken Nachbar auf der Schulbank schon viel besser mit seinem Dilemma. Der erklärte Oma in der Pause: »Ich kutsche für 'ne Spedition rum. Ich hab alle Führerscheinklassen, auch LKW, auch Bus. Bin bestimmt schon zwanzigmal um die Erde. Der letzte Anpfiff war wegen falscher Beladung des Hängers. Passiert immer mal wieder, wenn man nicht daneben steht. Wenn mich die Bullen dann rauswinken, marschiere ich hinterher gleich zum Verkehrsgericht, um die Pappe nicht loszuwerden. Da frage ich bloß, ob sie ein paar Scheine für 'ne gemeinnützige Einrichtung brauchen. Ein älterer Herr ist da ganz umgänglich. Der streicht

die Sache gleich aus der Kartei. Aber, wenn der mal nicht im Dienst ist, dann sitzt da ein anderer, mit dem nicht zu reden ist. Drum muß ich hier die Punkte absitzen. Ist aber besser als arbeitslos.«
Das fand Oma auch.

Nach der zweiten Stunde fragte Oma den etwas schüchtern wirkenden Jockel Koslowski: »Sind Sie mit dem Fahrlehrer verwandt oder verschwägert?«
»Nö. Wieso?«
»Weil Sie sich duzen.«
»Ach, so. Ick bin schon det dritte Mal hier. Bestimmt ooch nich det letzte Mal. Als Tischler muß ick jeden Morjen mit dem Lieferwagen Holz ranholen. Am Nachmittag liefer ick Teile aus. Und wenn man det Zeug nich kilometerweit schleppen will, denn zwängt man sich in jede Ritze am Straßenrand. Da gibt's denn ooch mal 'ne Schramme beim Nachbarn, ohne daß man's merkt. Und da looft mein Punktekonto alle halbe Jahre über. Det is allet.«
Der Vierte war nicht viel jünger als Oma, sah aber sehr viel älter aus.
Hanno flüsterte Oma zu: »Den ha'm se mit 2,8 Promille hochjezogen. Aber nu isser wohl trocken. Er muß aber noch zum Idiotentest.«
Oma witterte Böses: »Muß er da rückwärts einparken?«
»Nich doch!« zischte Hanno. »Pschyschologische Beratung. Da machen sie dir zur Schnecke. Da mußte immer über deine schwere Kindheit erzählen. Biste selber dran gloobst!«

Als Oma an diesem Abend auf ihre Couch sackte, war ihr Mitleid zwar erschöpft, doch zugleich hatte sie das

Gefühl, ein Glückskind zu sein. Nur eben eines, das hin und wieder zu viel Gas gibt.
Doch dann meinte am dritten Abend der Fahrlehrer: »Wir fahren heute mal eine Runde. Jeder eine halbe Stunde. Machen Sie alles wie gewohnt. Ich sage Ihnen dann hinterher, was Sie sich abgewöhnen sollten.«
Jeder gab sein Bestes. Keiner war gut genug. Oma bekam unterwegs den Auftrag:
»Parken Sie bitte da vorn in der Lücke rückwärts ein.«
»Das geht nicht«, sagte Oma, »die Lücke ist zu klein.«
»Bleiben Sie ruhig«, sagte der Fahrlehrer. »Da paßt auch ein LKW rein.«
»Aber nicht, wenn ich am Steuer sitze!« beharrte Oma. Während die anderen Teilnehmer nun zu kichern anfingen, dozierte der Fahrlehrer, was Omas Seelenheil retten sollte:
»Herrschaften, hier gibt es nichts zu lachen! Der britische Verkehrspsychologe Dr. McCorny, hat 500 Damen und Herren in London rückwärts einparken lassen. 71 Prozent der Männer schafften es beim ersten Anlauf. Bei den Frauen nur 23 Prozent. Also ein Drittel. Parallelversuche in Deutschland endeten noch krasser: 88 zu 22 Prozent. Wie kommt das?«
Hanno meinte: »Ick sag ja immer: Frau am Steuer – Unjeheuer! Aber Sie werden uns wohl jleich erklärn, det die Weiber unter die verhinderte Emanzipation leiden.«
»Falsch!« rief der Fahrlehrer. »Die Männer sind nicht besser, sie haben nur den besseren räumlichen Orientierungssinn. Und warum haben sie den?«
Nun krächzte der Trinker: »Damit se ooch besoffen noch nach Hause finden!«
»Falsch!« sagte der Fahrlehrer. »Wie Dr. McCorny nachgewiesen hat, ist das seit Adam und Eva so. Weil die Männer in der Urzeit als Jäger weite Wege nach

Beute machen mußten, um die Sippe zu ernähren. Sie lernten von kleinauf, Entfernungen zu schätzen, Richtungen zu erkennen, Bewegungsabläufe zu koordinieren.«

»Genau!« sagte Oma. »Und wir hockten in der Höhle, mußten die Gören aufziehen und den Kerlen die Klamotten wegräumen. Zum Pilze- und Beerensammeln vor der Tür brauchten wir keinen Kompaß, nur gute Augen. Deshalb merken die Kerle heute noch nicht, wenn sie im Dreck ersticken. Die Karre hier sieht übrigens auch so aus!«

Darauf guckte der Fahrlehrer wie ein verwundetes Reh und gelobte Besserung. Als Oma sich anderntags in der Fahrschule die Namen und Zahlen dieser Studie holte, zeigte der Chef stolz den gereinigten Übungswagen.

Oma nickte anerkennend: »Jetzt blitzt er ja mehr als meiner!«

»Na, soll ich bei Ihnen weitermachen?« fragte der Fahrlehrer.

Oma winkte ab: »Das wirkt ja leider nicht strafmildernd.«

»Das ist wohl wahr«, meinte der Fahrlehrer, »aber vielleicht hilft Ihnen das hier?«

Er gab ihr das neueste Fahrschulbuch mit. Sie bimste dann eifrig. Und vier Wochen später hatte sie den Kurs erfolgreich beendet. Else kam mit Blumen zum Feiern. Hinterher gingen beide auf den Parkplatz, befreiten Omas »Ersatz-Trabi« von seiner Wetterhaube, putzten die Scheiben blank und starteten, nach einem schwachen Husten der Batterie, zu einer Probefahrt. Als sie auf der Ausfahrtstraße waren, wo 70 Stundenkilometer erlaubt sind, meinte Oma: »Mal sehn, ob seine Beine eingeschlafen sind. Der Akku braucht das!«

Sie trat aufs Gas. Der Wagen sauste los. Da flitzte von hinten ein Polizeiauto heran und winkte Oma an die Seite. Sie versuchte, rückwärts in eine Parklücke zu kommen, blieb aber in gefährlicher Schräglage stehen. Ein Polizist mußte die Straße halbseitig sperren, der andere kam kopfschüttelnd auf Oma zu: »Wenn Sie so parken, müssen Sie ein großes A, wie Anfänger, auf Ihre Heckscheibe kleben!«
»Ich fahre schon 40 Jahre. Da waren Sie noch gar nicht geboren, Sie Anfänger!«
»Und warum klappt es dann immer noch nicht?«
»Weil Dr. McCorny recht hat!«
»Wer ist Dr. McCorny?«
»Das wissen Sie nicht? Und dann sind Sie bei der Polizei? Das ist ein ganz berühmter Verkehrspsychiater. Der hat herausgefunden, daß wir Frauen überhaupt nicht besser einparken können, weil uns die Männer in der Steinzeit nicht mit auf Jagd genommen haben.«
»So, so? Und deshalb jagen Sie nun wie Schumi in Monte Carlo den Männern hinterher?«
»Quatsch«, sagte Oma. »Weil der Wagen ein Jahr gestanden hat, wollte ich bloß mal sehen, ob er noch laufen kann.«
»Na, prima!« sagte der Polizist. »Dann gebe ich Ihnen jetzt schriftlich, daß er selbst im Stadtverkehr bequem über die 100 kommt. Das kostet aber 125 Euro und drei Punkte in Flensburg.«
»Um Gottes willen!« rief Oma. »Tun Sie mir das nicht an.«
Aber der Polizist legte ihr beruhigend die Hand auf die Schulter und meinte: »Aber Oma! Wenn Sie schon 40 Jahre am Steuer sitzen, sollten Sie sich mal zu einem Aufbaukurs melden!«

Oma und die Null-Diät

Ein Grund, warum die Enkel so gerne zur Oma gehen, ist die Bonboniere auf ihrem Couchtisch. Zwar weiß Oma, daß jedes Stück Konfekt die Hüfte zum Rastplatz wählt. Aber umgekehrt behauptet Oma: Eine Frau ohne Rundungen ist ein Bügelbrett!
Keiner konnte daher ahnen, daß sie heimlich doch ein Ohr für die Ratschläge der Diät-Köche hat. Und denen kann ja heutzutage niemand entgehen.
Oma war gerade beim Staubwischen, da wurde die Musik im Radio unterbrochen:

Liebe Zuhörer, hier ist Ihr Stadtradio, die Welle des Frohsinns!
Wir bringen nun die 5. Folge unserer Sendereihe:
Kann denn Essen Sünde sein?

Unser Reporter Hademar Kaltofen befragt Passanten in der Fußgängerzone:

Eine indiskrete Frage, junge Frau: Sind Sie mit Ihrem Gewicht zufrieden?
»Ick schon, bloß mein Oller nörgelt immer rum. Ick mach nu schon uff Trennkost. Aber bei mir is det mütterliche Vererbung. Ick brauch bloß Luft holen, schon jeh ick aus'nander wie'n Pfannkuchen!«

Und Sie, mein Herr, der Sie etwas korpulent erscheinen: Was halten Sie von den verschiedenen Diäten?
»Jo mei, Diäten? Moanens die Nebeneinnahmen von die Herren Parlamentarier? Da sag i Eahnen nur: Der Deifi soll sie holen, allesamt!«

Hallo, Madame, stört es Sie, wenn man Sie »vollschlank« nennt?
»Nö. Lieber ein paar Pfunde mehr auf den Rippen, als dünn, nervös und zickig!«
Haben Sie noch nie ein Diätprogramm getestet?
»Na, klar. Zuerst ... wie heißt das noch? ... Schlimmfraß oder so. Da hätte ich mir das Essen beinahe ganz abgewöhnt. Dann das Flüssigkeitsfasten mit dreieinhalb Liter Kräutertee. Da mußte ich dann Pampers tragen. Und zuletzt die Turbo-Diät. Das war so'n Pulver, wo man beim Anrühren schon 'ne Staublunge bekommt.«
Und dann haben Sie nichts mehr unternommen?
»Doch. Ich habe die Waage weggeworfen.«

Soweit unsere Umfrage.
Wir haben nun zwei Experten in unser Studio gebeten. Doktor Stanley arbeitet als Pharmakologe auf einer Fitneß-Farm in Colorado, USA. Prof. Jansen leitet ein Institut für biodiätische Ernährung auf der Nordseeinsel Sylt.

Meine Herren, wie Sie gehört haben, gibt es Zweifel an Ihrem Gewerbe.
»Okay, diese Frauen sind die bedauerlichen Opfer von die deutsche Diätschulen. Wir in den USA stützen uns bei die Pillenkur auf klinische Forschung.«

»Wir auf Sylt s-tehn auf dem S-tandpunkt, daß für den Bauch der Vers-tand zus-tändig ist und nicht die Chemie.«

Aber der Schlankheitswahn greift offenbar um sich?
»Oh, yes. Die Menschen mökten sein wie TV-

Werbung: Jung, dynamisch, kreativ. But wenn sie haben ›Speck auf die Rippen‹, sie wirken alt und träge. That's handicap bei die Jobsuche. You know?«

Und was bieten Sie den Menschen auf Ihrer Fitneß-Farm als Gegenmittel an?
»Wir schaffen in six Wochen zwölf Pfund. Wir geben die Frau mit 48 Jahre eine Figur wie 28 Jahre. Wir haben mit die neue ›Slim-Molly-Pille‹ *eine* Million Amerikaner von *zehn* Millionen Pfund befreit.«

Haben Sie auch deutsche Kundschaft?
»Gerade bei die deutsche Frauen wir haben eine sensationelle Erfolg. Weil, sie brauchen nicht hungern, nicht schwitzen bei die Geräte, nicht sortieren bei die Essen. Nur dreimal am Tag eine Pille – schon sind sie satt.«

Wie geht das?
»Well, die Pille is so little wie die Fingernagel, aber sie macht Schaum in die Bauch so groß viel wie ... ähm ... ähm ... Goethe.«

Goethe im Bauch?
»Oh, no, nicht Goethe, aber sein Book ... ähm ... Faust! Faust! Also, solche Klumpen.«

Ah, ja. Und was ist da drinnen in diesem Klumpen?
»Nun, Sie werden verstehn, das ist top secret ... geheim. Aber man kann sagen: Die Carnitin, wovon die Fett verdampft. Die Extrakt von Grüne Tee macht Power für die Immunsystem. Und die koreanische Ginseng macht weg die Streß ...«

Interessant. Was halten Sie davon, Professor Jansen?
»Ich s-teh auf dem S-tandpunkt, daß die Chemie nicht der Rettungsring für die falsche Ernährung sein kann.

Aber die Amerikaner machen ja nun das große Geld damit.«

Sie schreiben in ihrem Buch »Iß Dich gesund!«: Man muß nicht weniger essen, man muß nur richtig essen.
»So s-teht das auch bei uns im Hauseingang. Bei uns gibt's keine Pillen, keine Folterkammer mit all den Gewichten, keinen Abführtee, daß die Leute die meiste Zeit auf dem Lokus verbringen. Bei uns gibts s-tatt drei Mahlzeiten sogar sechs. Aber immer nur das, was der Körper wirklich braucht und verbraucht.«

Gegenfrage, Doktor Stanley: Sie verzichten während der Kur völlig auf biodiätische Nahrung?
»Oh, no! Die Leute mussen schon essen, aber keine tierische Fett, und nur 30 Gramm. Keine Zucker, keine Alkohol, keine Milchprodukte.«

Das heißt: Zur Pillenkur gehört das Diätprogramm. Und bei Ihnen, Professor Jansen, gehört da zum Diätprogramm nicht auch die eine und andere Pille?
»Das vers-teht sich ja von selbst. Wenn die reduzierte Nahrung weniger Vitamine und Mineralien einbringt, muß das mit Multivitaminpräparaten ausgeglichen werden.«

Aber wenn sich die Therapien gleichen, warum holen Sie dann die Patienten über das große Wasser? Tauschen Sie doch lieber die Adressen aus! Oder erklären Sie den Leuten, daß man alle Kliniken und Kuren durch Selbstkontrolle ersetzen kann.
»Oh, yes, aber die Mensch is gekommen von die Tierwelt. Die Mensch is ein Triebtäter. Wenn er riecht die leckere Sachen, läuft ihm die Wasser in das Mund, muß er zubeißen.«

»So, nun haben Sie diese zweifelhafte Geschäftss-trategie mal selber gehört!: Weil der Mensch sich nicht beherrschen kann, kann man *ihn* beherrschen.«

»Okay, Professor, und was haben Sie auf die Kongreß in Hamburg gesagt? Eine Fitneß-Farm ist dazu da, Mastgänse zu rupfen, ohne daß sie zischen.«

Aber meine Herren! Wenn wir schon beim Geld sind – was kostet denn eine Kur bei Ihnen?
»Okay, wenn Sie nur die Wunderpille ordern, 250 Euro. Wenn Sie drei Wochen auf die Farm kommen, 2 500 Euro.«
Und bei Ihrer Methode, Professor Jansen?
»Wenn Sie nach Sylt kommen und unter ärztlicher Aufsicht s-tehen, dann macht das etwa 2 500 Euro. Wenn Sie den Fernkurs mit Videokassette und dem S-tartpaket buchen, dann reichen auch 250 Euro.

Das kommt also aufs selbe raus. Ist es nicht tragisch, daß sich die Menschen erst für Tausende Euro einen Bauch anfuttern, um ihn dann für weitere Tausende wieder loszuwerden?
»Oh, yes. Und dann sind sie so frustriert von all die Entsagungen, daß die Spiel wieder von vorne losgeht.«
»Das ist kein S-piel, Herr Kollege, das ist der gefürchtete Jo–jo-Effekt. Und der ist wirklich tragisch.«
»Okay, aber doch nur für die Patient. Wir leben doch von diese ›jo–jo‹. Und nicht schlecht. Stimmt's, Professor Jansen?«
»Sie werden vers-tehen, daß ich mich dazu nicht äußere. S-tatt dessen würde ich gerne darauf hinweisen, daß mein Buch »Iß Dich gesund!« noch immer zu haben ist.«

Unsere Sendezeit läuft ab. Die letzte Frage kommt über Telefon von unserer Zuhörerin Eva Lenglich:
»Ich habe schon zweimal 20 Pfund abgenommen. Einmal mit Bio-Diät und einmal mit appetitzügelnden Pillen. Aber beide Male wurde meine Haut hinterher wellig wie ein Bratapfel, so daß ich rasch wieder zugelangt habe. Was empfehlen Sie dagegen?«

Bitte, Doktor Stanley:
»Oh, yes, ein leerer Sack macht Falten. Da hilft eine spezielle Bauchgymnastik und unsere Spezialcreme ›Aphrodite‹ als Drei-Monats-Kur für nur 49 Euro 90 Cent.«
Professor Jansen, was empfehlen Sie auf Sylt?
»Morgens 20 Minuten Aerobic. Abends die Ganzkörpermassage mit unserer S-pezialcreme ›Madonna‹. Die kostet übrigens nur 44 Euro 40 Cent.«

Ich danke Ihnen für das aufschlußreiche Gespräch. Nächsten Dienstag kommt die nächste Folge: »Kann denn Essen Sünde sein?« *Dann mit der leckeren Quark-Kur.*

An dieser Stelle schaltete Oma das Radio aus, ging an die Bonboniere, langte hinein und mümmelte genüßlich vor sich hin, denn in ihrer Programmillustrierten hatte sie gerade gelesen, daß Schokolade das Glückshormon Serotonin in die Adern trägt. Und wer möchte nicht glücklich sein zwischen all der verdrießlichen Werbung?

Oma entschlüsselt Geheimbotschaften

Die Zeiten, da Omas Hände zitterten, wenn sie zum Handy griff, sind vorbei. Sie hat im Seniorenclub Nachhilfe genommen. Seither sagt sie »Du« zu dem Ding und zu allen seinen Tasten. Während sie anfangs das Gerät wie eine Pillendose behandelte und gleich wieder ins Schubfach steckte, nutzt sie es heute zu jeder Stunde als elektronischen Lassowerfer.

Sie ist den Erfindern und Betreibern des Mobilfunks überaus dankbar, daß sie – als permanent Aufsichthabende der Sippe – jedermann an jedem Ort jederzeit damit einfangen kann. So hatte sie den jüngsten Enkel, Bastian, unter Beachtung der Nebengeräusche in seinem Handy, schon zweimal aus einem Horrorfilm herausgeholt, was Bastian aber nicht so witzig fand. Drum war der auch richtig froh, als Oma eines Tages sagte: »Hör mal, Basti, ich mußte mein Handy zur Durchsicht bringen. Das Ding hat 'ne Macke. Das gibt immer nach fünf Minuten seinen Geist auf. Kannst du mir bis Freitag mal dein Handy hierlassen? Als Leihgebühr gibt's Kinogeld.«

Bastian war einverstanden. Nicht nur, um Oma aus der Klemme zu helfen, auch, um sich endlich wieder, unkontrolliert von Omas Lassowerfer, einen supergeilen Horrorfilm mit Mega-Action reinzuziehen.

Was der Knabe nicht bedachte, war, daß Oma nun Gelegenheit hatte, mitzukriegen, welche anderen Lassos da gelegentlich quer durch den Äther um Bastis Kopf schwirrten. Nicht daß Oma neugierig war, aber als während ihres Mittagsschlafes mehrfach ein unüberhörbares »Viep-Viep!« den Eingang einer E-Mail ankündigte, griff sie schließlich zu Bastians Leih-

Handy, um nachzusehen, ob da in der Mail-Box vielleicht etwas für sie angekommen war. Da sprangen ihr dann tatsächlich einige Nachrichten entgegen. Doch die schienen von einem anderen Stern zu sein:
»He, Panda, laß meine Bierdeckel endlich rüberwachsen! Tini.«
»Hi, Basti! Hatte Date mit deiner Tussi in unserer Location. Wurde voll zugefönt bis zum Switschen. Ciao!«
Im Speicher für die Ausgangspost ging es noch rätselhafter zu.
Basti an Babsi: »W-W-P?«
Babsi an Basti: »N-O-K!«
Oma starrte entgeistert auf die Wörter und Zeichen. Was sollte das alles heißen? Mit wem hatte der Junge da Umgang? War er womöglich in die Fänge einer geheimen Sekte geraten? Sie wollte sich unbedingt Klarheit verschaffen und ging in den Seniorenclub, um die Profis aus dem Internet-Zirkel zu fragen.

Sie hatte Glück. Der Gustav erkundete mit Rita gerade am Computer den Stellenmarkt für Ritas Tochter. Zu dritt begann nun ein Quizspiel zur Entschlüsselung der geheimen Botschaften.
»Na, ›Bierdeckel‹ ist doch Klartext«, sagte Gustav. »Dein Enkel sammelt wahrscheinlich die Dinger und die Doppelten werden ausgetauscht. Das is'n harmloser Spaß.«
Oma protestierte: »Der trinkt kein Bier und sammelt auch keine Deckel!«
»Nee, nee«, meinte Rita. »Da steht, daß einer beim Frisör ›zugefönt‹ wurde.«
Oma schüttelte den Kopf: »An Bastians Stoppeln ist nichts zu fönen!«
Doch Rita bohrte weiter: »Was heißt denn ›switschen‹?

Vielleicht ist ›zwitschern‹ gemeint. Das kommt aus der Ganovensprache und meint ›singen‹. Also eine Aussage machen, andere verpfeifen.«
Nun wurde Oma nervös: »Andere verpfeifen? Unter Folter mit Fön?«
Gustav beschwichtigte sie: »Das ist wahrscheinlich ein Tippfehler und soll ›schwitzen‹ heißen. Ist doch logisch, wenn er unterm Fön sitzt.«
Doch Oma war so einfach nicht abzuschütteln: »Was sagt Euch denn die Abkürzung W–W–P?«
Rita kraulte sich am Kopf und rief: »Auch ein Tippfehler! Alle Internetadressen fangen nämlich mit WWW an.«
Doch nun schüttelte Gustav den Kopf: »Das könnte die Abkürzung von ›Wald und Wiesen-Party‹ sein. Die Jungchen lassen doch gerne mal die Sau raus.«
Als hätte Rita auf dieses Stichwort gewartet, warf sie ein: »Ich hab neulich in einer Drogenfibel von einem Rauschgift mit dem Namen ›Wilde Wolke Pakistans‹ gelesen!«
Oma war entsetzt: »Das hätte ich gemerkt, wenn ihn derlei interessiert. Vielleicht heißt das einfach: ›Warte weiter auf Post‹? Bloß: Was heißt dann ›N-O-K‹ mit Ausrufezeichen?«
Rita kicherte. »›Nie offenes Kuvert‹!«
»Quatsch«, knurrte Gustav. »Das heißt doch ganz klar: Nationales Olympisches Komitee! Vielleicht übt der Junge heimlich für die nächste Olympiade?«
Oma stöhnte: »Fragt sich bloß, in welcher Disziplin?«
»Na, frag ihn doch einfach«, riet Gustav.
»Mach ich auch«, sagte Oma.

Als Bastian nach der Schule an Omas Mittagstisch saß, hatte Oma sein Handy auf den leeren Teller gelegt.

»Gibt's denn heute gar kein Essen?« fragte Bastian.
»Doch«, sagte Oma. »Aber erst gibt's Auskunft! Ich bin da zufällig in deine Mail-Box gekommen. Da stehn so sonderbare Sachen drin ...«
»Wieso sonderbar? Ich simse mit den Kumpels.«
»Was heißt ›simsen‹?«
»Na, S-M-S verschicken, elektronische Briefchen.«
»Sind die Kumpel im Olympischen Komitee? Und warum haben die nicht eingegriffen, als du mit der Wilden Wolke aus Pakistan zugefönt wurdest?«
»Welches Komitee? Welche Wolke?« fragte Bastian verdaddert.
Oma schaltete das Gerät ein, holte die sonderbaren Geheimbotschaften heran und ließ sich von Bastian Wort für Wort erklären, was dahintersteckte.
Als sie dann mit dem Jungen erleichtert gegessen hatte, ging sie noch einmal in den Seniorenclub, griff sich den Gustav und wetterte: »Hör mal, Gustav! Du machst hier auf Superhirn bei der elektronischen Kommunikation, dabei hast du überhaupt keine Ahnung, was bei der Jugend im Handy abläuft. Wenn die von ›Bierdeckel‹ reden, meinen sie ihre CDs und nicht Pilsner. ›Zugefönt‹ heißt ›vollgequatscht‹. Und ›switschen‹ heißt ›abhauen‹.
Das ›W-W-P‹ ist nicht Ritas ›Wilde Wolke aus Pakistan‹, sondern die kesse Anfrage: ›Wollen wir poppen?‹ Das Wort ›poppen‹ war mir auch neu, aber die Enkel meinen dasselbe, was unsere Kinder ›bumsen‹ genannt haben und was bei unseren Eltern noch ›begatten‹ hieß. Das Kürzel ›N-O-K‹ heißt deshalb nicht, daß sie nun eine olympische Disziplin daraus gemacht haben, sondern, daß schlaue Mädchen antworten: ›Nicht ohne Kondom‹! Siehste, und wir Doofis dachten, daß da irgendeine Schweinerei im Gange ist!«

Oma fragt die Sterne

Wenn Oma vor einer schwierigen Entscheidung steht, kauft sie heimlich die Zeitung mit den ganz großen Buchstaben und studiert ihr Tageshoroskop. Nur ihre beste Freundin Else weiß davon. Und Else wußte auch, daß eine solche Entscheidung anstand. Auf der Dampferfahrt mit der Seniorengruppe hatte ihr Oma anvertraut, daß sie das Autofahren aufgeben will.
Else fragte entsetzt: »Warum das denn, nachdem du den Aufbaukurs in der Tasche hast?«
»Ich hab aber kein Geld mehr für die Ausrutscher in der Tasche.«
»Jetzt übertreibst du!« fand Else.
Doch Oma blieb hart: »Erinnerst du dich an unsere Probefahrt?«
»Na, lieber nicht!«
»Eben drum! Da hatten sie mich doch am Schlafittchen, weil sie dachten, ich will Schumi überholen. Das brachte dann 125 Euro Strafe und drei Punkte in Flensburg.«
»Ich hatte dir aber sofort angeboten, mich an dem Strafgeld zu beteiligen!«
»Das rettet mich auch nicht, Else. Heutzutage lauert für Autofahrer hinter jeder Ecke der Anschiß! Und auf dem Parkplatz randalieren die Beulen-Muffel. Die rammen dir das Heck ein und lassen nicht mal eine Visitenkarte da. Nein, nein. Ich verkaufe die Kutsche, solange sie noch Geld bringt.«

Die Sache schien klar. Unklar blieb für Oma nur, an welchem Tag sie das Inserat aufgeben sollte, um maximalen Gewinn beim Verkauf ihres Autos zu machen. Und das war nun die klassische Notlage, um ›himmli-

schen Rat‹ einzuholen. Sie kaufte Tag um Tag in aller Frühe jenes Blatt, das außer Busen, Beine, Babys und Bomben, auch ein Tageshoroskop hat, wo jedes Sternzeichen winzig markiert und von drei Zeilen mit vagen Ratschlägen flankiert war.
Doch da hieß es am Montag: »Der Unglücksplanet Saturn kreuzt Ihre Bahn. Kein guter Tag für Verhandlungen!«
Nö, dachte Oma, dann ist jedes Inserat weggeschmissenes Geld.
Am Dienstag mußte sie lesen: »Die gegenwärtige Mondphase verstärkt Ihre Unentschlossenheit.«
Daraufhin fühlte sich Oma natürlich noch unentschlossener.
Am Mittwoch hieß es gar: »Vorsicht bei unüberlegten Geschäften. Sie könnten draufzahlen!«
Bloß das nicht! dachte Oma.
Donnerstag war ihr auf dem Weg zum Zeitungskiosk eine schwarze Katze begegnet, worauf sie sofort wieder umkehrte. An solch einem Tag kann nichts gelingen!
Doch Freitag war dann zu lesen: »Ihre Ideen sind bares Geld wert. Ein guter Tag für Behördengänge und Geschäfte. Aber Nerven behalten!«
Na, wenn das keine Einladung war?
Sie formulierte mit einiger Mühe ein Inserat. Da sie wenig Ahnung hat, worauf es beim Autokauf ankommt, wirkte am Ende ihr »japanischer Ersatz-Trabbi« wie ein amerikanischer Straßenkreuzer:
»Scheckheft-gepflegte Limousine in Riviera-Grün, mit Veloursitzen in Beige, Sonderserie einer japanischen Weltfirma, umständehalber zu verkaufen. Rückfragen unter Telefonnummer ...«
Mit diesem Text ging sie zu einem Computerladen

nebenan, wo im Schaufenster zu lesen war: »Der kürzeste Weg ins Internet: Bringen Sie Ihre Annonce, wir sorgen für ein schnelles, weltweites Echo!«
Die jungen Leute hatten ein leises Grinsen im Gesicht, als sie Omas Text gelesen hatten. Einer fragte noch: »Wollen Sie nicht wenigstens den Typ, das Baujahr, die PS oder den Hubraum reinschreiben?«
Doch Oma meinte: »Mein Auto ist auch ohne solchen Schnickschnack sehr gut gelaufen!« Dieses Argument sorgte für knisternde Ruhe in dem Laden.
Um so lebhafter ging es dann den ganzen Tag an Omas Telefon zu. Als sie um Mitternacht entnervt die Schnur aus der Wand zog, hatte sie 32 Leute von Werneuchen bis Warschau kennengelernt. Was sie anderntags Else darüber berichtete, klang so:
»Der Heini aus Werneuchen fragte bloß, was das denn für 'n Typ ist. Und als ich sagte: ›Nissan Micra‹, da hat der gewiehert wie 'n Roß und aufgelegt.
Dann hatte ich mindestens zehn Polen an der Strippe. Dem einen hab ich die ganzen Papiere vorgelesen, bis er dann sagte: ›Die Telefonrechnung wird teurer als das Auto.‹ Danach hat auch er einfach aufgelegt.
Und das Schärfste war ein Fleischer aus Parchim. Der meinte, Baujahr zweiundneunzig könnte ich behalten. Er hätte zwar was Ähnliches für seine Enkeltochter gesucht, weil die so'n weiten Weg zur Arbeit hat. Aber das wäre so'n nettes Mädchen, daß sie nicht in solch einer Karre verenden soll!
So, und nun vergleich das mal mit meinem Horoskop, vonwegen: Günstiger Geschäftstag!«
Mit diesen Worten warf Oma die besagte Zeitung vor Else auf den Tisch.
Else meinte: »Du weißt ja, daß ich von diesem Humbug gar nichts halte.«

Oma erwiderte: »Aber mit diesem Humbug hat der Feldherr Wallenstein alle Schlachten gewonnen!«
Worauf Else sagte: »Vielleicht lag das mehr an seinen Kanonen?« Aber dann hatte sie Omas Sternbild im Tageshoroskop gefunden und las laut:
»Wenn auch der Unheilsbote Mars heute für sie alle Träume zu Schäumen macht, geben Sie nicht auf! Mit der nächsten Dekade wird Merkur Ihr Leitstern zum Glück!«
Oma stutzte: »Wo hast du denn das gelesen?«
»Na, hier in deiner Zeitung!«
»Zeig mal her!«
Oma drehte und wendete das Blatt, verglich das Datum, las noch mal. »Aber die hatten mir doch einen sagenhaften Erfolgstag versprochen!«
Else guckte ihr über die Schulter, zeigte auf die Nachbarspalte des Schützen und meinte: »Den Erfolg hatten gestern die Steinböcke gepachtet!«
Oma stammelte: »Dann hab ich mich wohl verguckt? Aber das machen die kleinen Bilder, und weil das Horn vom Steinbock genau so krumm ist, wie der Flitzbogen vom Schützen!«
»Du brauchst eben doch eine neue Brille«, meinte Else. »Und den Quatsch mit den Horoskopen kannst du dir sparen.«
Aber nun triumphierte Oma: »Na gut, mir ist ein Geschäft durch die Lappen gegangen. Aber du siehst ja selber: Die Sterne lügen nie! Man muß sie bloß richtig lesen!«

Oma am Fleischstand

Wenn Oma nicht einschlafen kann, macht sie das Radio an und sucht eine Quasselsendung. Das Thema ist ihr egal. Und selbst wenn sie es spannend findet, ist sie nach zehn Minuten in irgendein Traumland entschwebt. Manchmal nimmt sie aber die Stichworte der Radiodebatte mit in ihre Träume. So auch neulich nach der Sendung: »Fleischkrise oder Panikmache?« Alle Diskussionsteilnehmer von der deutschen Fleischwarenindustrie waren sich am Ende einig, daß es für deutsche Mägen nichts Gesünderes gibt als deutsches Fleisch.
Aber Oma war wohl vor dem begeisternden Schlußteil schon weggetreten. Deshalb sah sie sich dann ziemlich ratlos am Fleischstand der Markthalle:
»Sie wünschen?«
»Ja, was nehme ich bloß?«
»Was soll es denn werden?«
»Gulasch.«
»Da hätte ich hier eines schönes Stück vom Rind.«
»Ich denke, da gibt es keine ›schönen Stücke‹ mehr?«
»Nicht doch! Sie müssen heutzutage nur auf die Etikettierung achten.«
»Und was steht da drauf?«
»Dies hier wäre ein Drei-D-Stück.«
»Sagt mir nichts.«
»Aufgezogen, geschlachtet und verarbeitet in Deutschland.«
»Deutschland ist groß.«
»Gewiß, aber unser Lieferant ist Öko-Bauer bei Treuenbrietzen.«
»Und was heißt das?«
»Das sind glückliche Tiere aus einer BSE-freien Zone.«

»Die Holsteiner und Algäuer, denen sie die Herden weggeschlachtet haben, waren auch Öko-Bauern.«
»Wir führen kein Rindfleisch von dort.«
»Das lag aber nicht an der Gegend, sondern am Futter.«
»Drum wurde ja die Verfütterung von Tiermehl in ganz Deutschland verboten.«
»Dann hieß es aber, daß die Krankheit auch auf der Weide schlummern kann.«
»Ob das auch im Gras steckt, weiß doch kein Mensch.«
»Schade. Über das Mondgestein weiß man mehr.«
»Wie wär's denn mit einem Schweinskotelett?«
»Das esse ich nun schon seit Monaten.«
»Ja, aber da weiß man, was man hat!«
»Weiß man das wirklich, wenn die mit Tiermehl und Hormonspritzen großwerden?«
»Jedenfalls ist noch nichts passiert.«
»Die Zeitung schreibt: Passiert ist schon viel, bloß beweisen kann man wenig.«
»Die übertreiben doch immer!«
»Beim BSE haben sie jahrelang untertrieben. Aber ich will Sie nicht aufhalten.«
»Sie halten mich nicht auf. Hier kommt ja keiner. Obwohl sich der Verkauf schon lange normalisiert hat.«
»Ja, richtig. Bloß die Fleischproduktion nicht. Also was nehme ich denn nun? Haben Sie Hammelkeule?«
»Haben wir. Aber ich muß dazu sagen, daß die aus Süd-Frankreich kommt.«
»Ist mir egal.«
»Das sollte Ihnen aber nicht egal sein. In der Gegend gibt es ein gewisses Restrisiko.«
»Wieso ›Restrisiko‹?«
»Der Herkunftsnachweis ist ungenau. Die Futterbasis

ist unbekannt. Die Schlachtung erfolgte in Algerien. Die Auslieferung an die EU lief über Genua.«
»Und was sagt mir das?«
»Daß das Kontrollnetz oder die Kühlkette gerissen sein können.«
»Das müßte doch alles auf dem Etikett stehen?«
»Ja, schon, aber dann wäre das Etikett größer als das Einwickelpapier.«
»Vielleicht sollten Sie eine Weltkarte verteilen, wo alle Gebiete eingezeichnet sind, die für die Nahrungsmittelproduktion als bedenklich gelten?«
»Das wäre nicht verkehrt. Aber die müßten wir dann auch jede Woche neu drucken.«
»Haben Sie auch wieder recht.«
»Was darf ich Ihnen denn nun geben?«
»Ja, das weiß ich eben nicht. Ich war schon am Fischstand, aber da hörte ich, daß von 20 Lachssorten bloß zwei genießbar sind.«
»Liebe Frau, Sie sollten sich nicht verrückt machen lassen!«
»Na, eben. Das ist ja die Tücke beim Rindfleisch!«
»Ich meinte: Das meiste Fleisch ist doch sauber.«
»Na, klar. Man weiß bloß nicht welches!«
»Aber jetzt steigen doch alle Mastbetriebe auf Sojamehl um.«
»Na, fein. Mal seh'n, was die Gentechnik da reingerührt hat.«
»Gestern hatten wir Rehrücken. Der war aber gleich weg.«
»Und wann kommt die nächste Lieferung?«
»Das hängt vom Jagdglück ab.«
»Der Einkauf hier offenbar auch. Wissen Sie was? Ich hol mir ein Suppenhuhn aus der Tiefkühltruhe. Oder sind wieder Salmonellen gemeldet?«

»Nein, nein. Wenn Sie so rangehen, dürften Sie nur noch Eier kaufen, die müßten Sie selber ausbrüten, die Küken mit Haferflocken großziehen und dann eigenhändig schlachten. Wer macht das schon?«
»Das kommt auch noch! Aber ich sehe da gerade die schöne Kalbshaxe!«
»Da würde ich aber abraten, weil die Kälber nicht geprüft werden können.«
»Ach, richtig. Die sind noch zu jung.«
»›Zu jung‹ ist relativ. Da die BSE-Erreger zehn Jahre brauchen, um wirksam zu werden, könnten ältere Leute eigentlich mit dem Risiko leben.«
»Na klar! Dann müssen Sie bloß noch dafür sorgen, daß die Kundschaft ein Etikett mit dem persönlichen Verfallsdatum auf die Brust geklebt kriegt. Und das Schild über Ihrer Abteilung müssen Sie auch ändern.«
»Wieso das?«
»Na, Lebensmittel ist doch geprahlt. Da müssen Sie raufschreiben ›Sterbehilfe‹!«
Als Oma später wach geworden ist, wunderte sie sich, daß sie nicht wirklich entschlummert war. Aber das beweist im Grunde nur, daß es für deutsche Mägen wirklich nichts Gesünderes gibt als deutsches Fleisch. Und wenn es früher auch hieß, die Fleischindustrie kümmere sich nicht um *das* saubere Mark, sondern nur um *die* schnelle Mark, so ist das durch die Abschaffung der D-Mark nun endgültig vorbei.

Oma und der Fahrlehrer

Oma hatte ihr Auto längst verkauft, wenngleich zu einem Spottpreis, wie sie fand. Aber Gottes Mühlen mahlen langsam. So kam denn der Bußgeldbescheid für ihre mißratene Probefahrt etwas spät auf ihren Tisch. Und als sie mit den 125 Euro in der Tasche zur Post ging und der Beamte am Schalter einen fragenden Blick über seine Brille schickte, da erklärte Oma gallebitter: »Der Polizeipräsident braucht'ne neue Hose!«
Der Beamte nickte: »Dabei hat er von mir gerade eine überwiesen bekommen!«
Oma war damit nicht aufzuheitern. Und weil sie auf dem Rückweg an der Fahrschule vorbeikam, wo ihre rasante Fahrweise durch einen »Aufbaukurs« von gewissen Schwächen geheilt werden sollte, und weil dort jener sympathische ältere Fahrlehrer gerade vor der Tür stand, da benutzte Oma ihn als Blitzableiter.
»Tag, Herr Klemke!«
»Guten Tag, Frau Küster!«
»Ich komme gerade von der Post.«
»Hatten Sie einen Lottogewinn abzuholen?«
»Pustekuchen! Ich hatte einen Strafzettel zu bezahlen, der teurer war als hundert Lottotips. Eigentlich wollte ich Sie zur Regreßzahlung heranziehen.«
»Um Himmels willen! Haben Sie ein Polizeiauto gerammt?«
»Auf *den* Einfall bin ich noch gar nicht gekommen. Nee, die haben mir meine zügige Fahrweise und das schiefe Einparken vorgehalten, das Sie mir abgewöhnen sollten.«
»Aber Frau Küster, niemand hat etwas gegen zügiges Fahren, soweit das der zugelassenen Höchstgeschwindigkeit entspricht. Und das schiefe Einparken

habe ich Ihnen ja mit der Studie von Dr. McCorny über den räumlichen Orientierungssinn und die unterschiedlichen Hirnstrukturen von Mann und Frau erklärt.«
»Ist mir ja klar! Weil die Männer in der Steinzeit ihre Weiber nicht mit auf die Jagd genommen haben. Seitdem irren wir hilflos umher. Das müssen Sie aber nicht mir erklären, sondern der Polizei! Die kennen keinen Dr. McCorny und keine ›mildernden Umstände‹. Die würden den gleich festnehmen.«
»Nicht doch, Frau Küster! Sie hat man doch auch laufen lassen.«
»Laufen lassen, ist der richtige Ausdruck. Raten Sie mal, was die mir geraten haben!«
»Weniger Gas geben und mehr rechts halten.«
»Denkste! Ich soll 'n Aufbaukurs machen. Da hätte ich bei Ihnen als Untermieter einziehen können.«
»Ich hätte nichts dagegen, Frau Küster.«
»Ach, nee? Womöglich haben Sie das bezweckt mit Ihrer milden Kritik an meiner wilden Fahrerei? Aber mal im Ernst: Was macht man bloß, um nicht immer wieder ins Verderben zu schlittern?«
»Verkaufen Sie den Schlitten!«
»Sie werden lachen, das hab ich gemacht!«
»Da lache ich gar nicht, sondern gratuliere Ihnen zu diesem Entschluß!«
»Na, fein. Und wie komme ich nun da hin, wo man nur mit dem Auto hinkommt?«
»Notfalls mit mir.«
»Na, hör'n Sie mal, ist das 'ne Anmache?«
»Nennen wir's doch vorerst – eine Abmachung.«
Oma wippte bedenklich mit dem Kopf hin und her, dankte für das Angebot und zog weiter, aber mit einem stillen, mädchenhaften Lächeln.

Oma feiert Frauentag

Omas stärkste Schwäche ist der Kaffee. Wenn es irgendwo nach Kaffee duftet, beginnen ihre Nüstern zu beben. Wenn nahebei ein Gerät das kochende Wasser mit munterem Prasseln durch den aromatischen Kaffeepuder schickt, dann stöhnt Oma sehnsuchtsvoll auf. Und wenn neben ihr die schwarze Sünde säuselnd in eine einladend ausladende Tasse fließt und die seidigen Dampfwölkchen zur Decke schickt, dann möchte Oma auf den Stuhl steigen, den Duft ganz tief einatmen und laut durch den Raum rufen: »Ich brauch auch einen!«
Wer das weiß, wird sich nicht wundern, daß Oma mit besonders wehmütigen Erinnerungen dem früheren Zeremoniell am 8. März, dem Internationalen Frauentag, nachtrauert. Nicht wegen der Reden über Soll und Haben bei der Gleichberechtigung. Auch nicht wegen der Blumen, die ostwärts als Frühblüher nur an diesem Tag zu haben waren. Nein, Omas Seufzer rühren daher, daß sie an diesem Tag, während der Arbeitszeit, ohne eigenes Zutun oder Zahlen, dreimal Kaffee kredenzt bekam. Früh vom Meister in der Frühstücksbude. Mittags von den Abteilungsleitern in der Kantine. Und nachmittags von der Werkleitung, wenn die Gewerkschaftsleitung jenen Frauen etwas Buntmetall an die Jacke steckte, die ihren Mann gestanden hatten.

Dieses Zeremoniell kam vor einem Jahrzehnt aus der Mode, wie alles, was rötlich schimmerte. Statt dessen wurde in den neuen Kalendern der Muttertag rot angekreuzt.
Als Oma dann von ihrer Tochter just an diesem Muttertag einen Blumenstrauß und ein Päckchen Kaffee in

die Hand gedrückt bekam, da hat sie beides wortlos in die Ecke gestellt und gesagt: »Du kannst das ja nicht wissen, Mädchen, aber an diesem Tag schmeckt mir kein Kaffee. Da ließ nämlich der Herr Adolf seine Mutterkreuze verteilen. Meine Mutter hatte auch eins abgekriegt, weil sie vier Jungs in die Welt gesetzt hatte. Da ist aber keiner von übriggeblieben, weil dem Herrn Adolf unsere Welt zu klein war. Und dann durften die Mütter die Trümmer wegräumen. Heutzutage traut sich kaum eine Frau, Kinder in die Welt zu setzen. Mir kann deshalb der Muttertag gestohlen bleiben!«
Die Tochter fragte pikiert, ob sie vielleicht am 8. März wiederkommen solle.
»Das kannst du dir sparen«, sagte Oma. »Das fand ich genau so affig, obwohl es da auch um die Frauen auf allen Erdteilen ging, die oft noch viel schlechter dran sind als wir. Aber was nutzt das, wenn man sie einen Tag streichelt und dann wieder das ganze Jahr schurigelt? Nee, nee, vergiß es. Das beste am 8. März war der Kaffee. Da haben sie wenigstens einen Löffel mehr in die Kanne getan. Drum hat meine Weiberrunde auch beschlossen, daß wir zum nächsten Frauentag eine Busfahrt nach Wien machen. Da gibt's nämlich die ältesten Kaffeehäuser von Europa, weil die das von den Türken abgeguckt hatten. Und da lassen wir uns verwöhnen!«

Natürlich konnte der Verband der Wiener Kaffeehausbesitzer nicht wissen, daß die vier grauhaarigen Damen, die da auf Wien anrückten, nicht irgendwelche Kaffeetanten waren, die nur mal schlürfen und ratschen wollten über Gott und die Welt.
Die Gertrud hatte einst die HO-Kantine geleitet. Die Erna war mal Qualitätsprüferin im Labor. Die Else war

Revisor in der Buchhaltung. Und Oma war Mitglied der Gewerkschaftsleitung, was anderswo Personalrat heißt. Wenn dieses Kleeblatt ein Restaurant aufsucht, ein Menü testet, das Personal beobachtet, die Kalkulation überprüft und zum Urteilsspruch kommt, dann ist ziemlich egal, wieviel Sterne das Haus im Michelin oder in der Fachzeitschrift der Gourmets erhalten hat. Das Urteil kann vernichtend sein.
Zum Glück hatten sich die Damen schon auf der endlosen Busfahrt etwas abreagiert. Der Billigbus der Firma »Fernweh« kam mit einer halben Stunde Verspätung, weil er unterwegs einige einsame Witwen aufzusammeln hatte. Dann gab es nur zwei Männer unter den Mitreisenden, was für das Gespött und die Gelüste von etwa 20 Damen absolut zu wenig ist. Bei den Pullerpausen waren die Damentoiletten überfüllt, was abermals zwei halbe Stunden kostete. Und als dann eine Oma ihre Handtasche vermißte und der Bus umkehren mußte, kam man schließlich zwei Stunden zu spät in Wien an.

Das alles konnte der Kellner im Wiener Operncafé natürlich nicht wissen, als er im stolzen Bewußtsein der Habsburger Weltmacht, der Autorität einer Kaiserin Maria Theresia, der bezaubernden Anmut einer Sissy, der großen Geschichte seines Hauses und der unübertroffenen Komplexität seines Kaffeeangebotes vier zeitungsgroße Getränkekarten an das Kleeblatt verteilte und geduldig wartete, was denn nun zu Diensten stünde.
Oma brauchte drei Minuten und war dennoch die erste, die den Kopf schüttelte und fragte: »Gibt's denn hier keenen normalen Kaffee?«
Der Ober erkannte am Dialekt sofort die gefürchteten

»Piefkes« aus Preußen, mit denen Österreich die halbe Zeit seines Lebens nur auf dem Schlachtfeld zu tun hatte, und beeilte sich zu sagen:
»Mit Verlaub, Gnädigste, das ›Normale‹ ist unserem Haus zu wenig. Wer hier erscheint, soll unnormal gut verwöhnt werden.«
Nun fragte Else: »Was, bitte, heißt ›Einspänner‹?«
Erna schloß sich mit der Frage an: »Was dagegen bringt ein ›Zweispänner‹?«
Und Gertrud gab noch einen drauf: »Wenn Sie hier Ihren ganzen Fuhrpark anpreisen, dann ist der ›Schlagobers‹ wahrscheinlich der Kommandeur Ihrer Kavallerie?«
Nun mußte der Ober tief Luft holen. »Na, gehn's! Unser Schlagobers is genau dös, wos bei Eahnen die Schlagsohne is. Beim Ein- und Zweispänner haben's halt mit Espressos zu tun, die wo sich nach der Dosierung unterscheiden. Und wann Eahnen dös alles nicht zusagt, dann können's ebenso g'schwind oannen original Türkischen mit Kardamom und Amaretto auf'm Messingöfchen serviert kriegen.«
Darauf meinte Else eingeschüchtert: »Ich würde zunächst mal eine ›Melange‹ probieren.«
Erna und Gertrud stiegen mutig auf den Ein- und Zweispänner.
Und Oma meinte tollkühn: »Wenn ich schon wegen der Türken hierher gefahren bin, dann will ich sie mir auch einverleiben. Also: Einen original Türkischen!«
Der Ober zog die Stirne kraus in Falten, deutete eine knappe Verbeugung an, drehte sich um und war dann eine Viertelstunde hinter der Theke voll beschäftigt.
Als er das Kleeblatt dann bedient hatte, waren die vier Damen eine Viertelstunde voll beschäftigt.
Else meinte, nachdem sie an der Melange genippt hatte: »Das schmeckt ja wie eingeschlafene Füße!«

Erna und Gertrud fragten sich und die anderen beiden: »Warum stellt der uns denn so 'n großes Glas Wasser hin, wenn wir Kaffee bestellt haben?«
Und Oma betrachtete das Porzellannäpfchen, das neben dem buntmetallenen Schwenkkännchen am Öfchen stand und überlegte, ob sie aus diesem Fingerhut trinken sollte. Doch als sie dann die kochende Brühe mit dem herben Duft in das kleine Näpfchen geschüttet und einen mutigen Willkommensschluck zu ihren inneren Organen geschickt hatte, da klappte ihr plötzlich der Unterkiefer herunter, sie rang nach Luft, die Augen röteten sich, und der Rest war Husten und Weinen.
Erst als sie die Wassergläser von Erna und Gertrud leergetrunken hatte, konnte sie aussprechen, was sie bewegte: »Jetzt weiß ich, warum die Österreicher gegen die Türken Krieg geführt haben!«
Es ist mir peinlich, anzumerken, daß die Damen anderntags – in dieser Stadt, die ihren Weltruf zur Hälfte den legendären Kaffeehäusern verdankt – einen Tauchsieder und ein Päckchen Kaffee gekauft haben. Ihr Selbsthilfeversuch löste dann im Hotel einen Kurzschluß und eine Ermahnung zum Brandschutz aus.
Auf der Heimfahrt war sich das Kleeblatt daher einig, daß das Beste an Wien jene gleichnamigen Schnitzel waren, die sie in einer Kutscherkneipe, nahe beim Dom, gegessen hatten: Groß wie ein Wagenrad, dünn wie ein Knäckebrot, goldbraun paniert wie die Sonne im Spiegel der Donau! Na, ja, und die Lipizzaner in der Hofreitschule waren auch nett anzusehen. Aber der Kaffee, oder was man in Wien alles so nennt ... dagegen war doch jenes Getränk, das früher am 8. März in der Werkskantine mit dicken Steinguttassen von den Männern herumgereicht wurde, der reine Göttertrank!

Oma und der Beipackzettel

Oma ist beileibe kein Pflegefall. Aber wenn sie Pflege braucht, kann sie unausstehlich sein.
Weil Oma wieder mal über Magenschmerzen klagte, schickten wir sie zum Arzt.
Weil der Arzt keine eindeutige Ursache fand, gab er ihr erst mal lindernde Pillen.
Weil Pillen in das Innenleben eingreifen, gehört zur Pillenschachtel ein Merkzettel.
Weil der Merkzettel außer Wirkungen auch Nebenwirkungen aufzählt, ist er lang.
Weil Oma den meterlangen Beipackzettel äußerst verdächtig fand, schob sie die Pillen zur Seite. Ihre Magenschmerzen und sie wurden dadurch nicht erträglicher, sondern heftiger.
Als wir nachschauten, wie es ihr ging, sah sie aus wie Braunbier mit Spucke.
Als wir fragten, ob die Pillen nicht anschlügen, fragte sie grollend: »Was heißt anschlagen? Totschlagen!«
Ich bremste: »Aber Oma! Sind dir die Pillen nicht bekommen?«
Oma schickte ihren berüchtigten schrägen Blick über die Brille und legte los: »Ob die mir bekommen, weiß ich nicht. Ich hab sie – zum Glück – noch nicht geschluckt.«
Weil ich nun Altersstarrsinn ahnte, fragte ich betont sanftmütig: »Warum denn nicht?« Oma zeigte auf die Kommode und sagte: »Reich mal rüber die Wundertüte!«
Ich gab ihr die Tüte aus der Apotheke. Oma nahm die Pillenschachtel, holte den Beipackzettel hervor, rückte ihre Brille gerade und erklärte: »Die haben hier siebzehn Drohungen aufgelistet. Mit Erbrechen

und Durchfall fängt es an. Und manches klingt tödlich.«
»Aber du hattest doch immer einen Pferdemagen, Oma.«
»Was nutzt mir das, wenn sie mit Herzrhythmusstörungen und Nieren-Koliken drohen?«
»Aber doch nur, wenn einer anfällig dafür ist.«
»Für die andere Kundschaft halten sie Schwäche, Schwindel und Sehstörungen bereit.«
Nun rief meine Frau: »Aber Oma! Was redest du da?«
Doch Oma zitierte weiter: »Außerdem bieten mir Eure Wunderpillen Brustschmerzen, Ohrensausen und Bewußtseinsverlust an. Wollt Ihr mich hier auf dem Fußboden liegen sehen?«
»Hör bloß auf, Oma«, barmte meine Frau.
Aber Oma hatte den Zettel noch nicht abgearbeitet: »Außerdem steht hier was von einer ›Pelzzunge‹, die sich einstellen kann. Also, das scheint mir ja nun das Fieseste, was einer erfinden kann. Immer diese Fusseln im Mund!«
Ich sagte: »Unsinn, Oma, das heißt doch nur, daß die Zunge taub werden könnte.«
»Ach, taubstumm soll ich auch noch werden?«
»Nun hör mal gut zu«, sagte ich. »Die Pillenfabrik muß alles auflisten, was irgendwann mal vorgekommen ist. Auch, wenn das nur einen Patienten von einer Million betrifft.«
»Das reicht. Ich bin auch nur einer. Aber wenn Ihr glaubt, Ihr könntet mich beerben, dann möchte ich noch mal klarstellen: Bei mir bleiben nur die Beisetzungskosten übrig. Also, verschont mich mit dem Zeug!«
»Und was willst du nun mit den Pillen machen?«
»Die schicke ich an die Polizei, damit sie die Brüder

gleich festnehmen, die so was unter die Leute bringen!«
»Aber du wirst in jeder Pillenschachtel ähnliche Hinweise finden.«
»Denn kaufe ich überhaupt keine mehr.«
»Na, fein. Wenn das alle Patienten so machen, dann kriegen die Pillenfabriken aber Bauchschmerzen.«
»Dann können sie ja dieses Zeug hier schlucken! Wenn sie davon eine Pelzzunge kriegen, fällt ihnen bestimmt bald ein besseres Mittel ein.«
»Und wie willst du deine Bauchschmerzen loswerden?«
»Ganz einfach: Mit dem Wundermittel von meiner Oma: Kamillentee und Zwieback. Und die hatte nie ein Bärenfell auf der Zunge!
Also, das Zeug könnt ihr einpacken und zur Polizei bringen. Ich schlucke das nur, wenn ein Zeuge gebraucht wird!«

Oma irritiert die Marktforscher

Das bekannte Klagelied: »Kein Schwein ruft mich an. Keine Sau interessiert sich für mich ...« hat die Gewerbeaufsicht ermuntert, vielerlei sogenannte Call-Center zuzulassen.
Wenn zum Beispiel eine Allgäuer Käsefabrik einen neuen Käse ins Rollen bringen möchte, dann müssen die Käsemacher wissen, was den Käsekunden schmeckt. Deshalb wird die Molkerei die Marktforschung einschalten. Die Marktforscher erarbeiten einen Fragespiegel. Der Fragespiegel geht an eine Telefonzentrale. Dort sitzen Teilzeitkräfte, die bei Hinz und Kunz anrufen. Manche nehmen nicht ab. Andere legen gleich auf. Und wer da gerade singt: »Kein Schwein ruft mich an ...«, der läßt sich leutselig auf eine Umfrage ein.

Wenn dann der neue Käse nicht anders schmeckt als der alte, dann haben hauptsächlich die Alten schuld, weil die den ganzen Tag zu Hause darauf warten, daß sie mal jemand anruft.

Ein Beispiel: Oma wischt Staub. Das Telefon klingelt. Sie hebt ab. Eine piepsige Mädchenstimme mit dem Singsang der Call-Center-Damen fragt: »Hallöchen! Spreche ich mit Frau Küster?«
Oma sagt: »Erraten!«
»Ich bin Jaqueline Koslowski vom Call-Center Ingolstadt. Wir machen eine Verbraucherumfrage im Auftrag des Sinus-Instituts für Trendforschung. Es wäre nett, wenn Sie zwei, drei Minuten Zeit für unsere Fragen hätten. Ist das für Sie okay?«
»Kommt drauf an, was Sie wissen wollen.«
»Ihren Namen habe ich. Würden Sie mir bitte Ihr Alter sagen?«
»Wozu?«
»Nur so, für den Fragebogen. Ich vermute mal, daß Sie Rentnerin sind?«
»Stimmt.«
»Wie viele Personen leben in Ihrem Haushalt?«
»Ich bin solo, solange die Enkel sich nicht einquartieren.«
»Hihihi. Ich wohne auch im Hotel ›Oma‹. Vorerst noch. Ohne den richtigen Mann hat man schnell die falsche Wohnung.«
»So ist das Leben, Fräulein: Bäume und Männer haben erst Moos, wenn sie alt sind.«
»Hihihi, let's go!
Frage 1: Wie oft verwenden Sie zum Mittagstisch Fertigsuppen? Sie haben vier Antwortmöglichkeiten: a) fast täglich, b) zwei- bis dreimal wöchentlich, c) ein-

mal pro Woche oder d) sehr selten. – Ihre Antwort?«
»Nie.«
»Und warum nicht?«
»Weil mir der Anteil von Sägemehl zu hoch ist.«
»Echt? Und andere Fertiggerichte – nehmen Sie die?«
»Kaum. Außer russischen Pelmeni.«
»Russische – was?«
»Pelmeni. Teigtaschen«
»Die habe ich nicht auf meiner Liste. Wie kommt denn das?«
»Vielleicht, weil die Russen an der Elbe stehengeblieben sind? Nun müssen Sie von McDonald leben.«
»Zusatzfrage: Wenn Sie mal bei Bekannten oder Verwandten Fertiggerichte serviert bekamen, fanden Sie den Geschmack a) lecker, b) befriedigend oder c) nicht gut?«
»Das war 'ne Zumutung!«
»Wissen Sie noch, um welches Gericht es sich handelte und von welchem Hersteller es war?«
»Auf der Tüte stand: Rebhuhnpastete auf Reis. Wahrscheinlich war das Rebhuhn mit Schweinefleisch gemischt. So etwa halbe-halbe, ein halbes Schwein – ein halbes Huhn.«
»Sie wollen damit sagen, daß die Rezepturen verbessert werden müßten?«
»Nee, die Einstellung zum Kunden! Der Kunde ist König, und Könige haben einen Viersterne-Koch. Der panscht nicht und kennt außer Salz und Maggi auch andere Gewürze.«
»Frage 2: Wie beurteilen Sie das Preis-Leistungs-Verhältnis nach der Einführung des Euro a) wie gehabt oder b) etwas verteuert?«
»Kriminell verschärft! Die Marmeladengläser werden immer kleiner. Die Biergläser auch. Das Toilettenpapier wird immer schmaler. Die Spülmittel immer dün-

ner. Aber die Preise immer höher. Auf manchem Preisschild scheint nur die Währung ausgetauscht, aber nicht die Summe.«
»Ich werde das anmerken.«
»Anmerken reicht nicht, Fräulein, abmahnen!«
»Aber sie wissen doch, daß die Verbrauchermärkte hohe Ausgaben hatten für die Umstellung der Kassen und Etikettierer. Da muß man die Kunden mit heranziehen.«
»Aber doch nicht ausziehen! Und das ganze Leben lang! Und wenn schon Beteiligung, dann auch bei den Gewinnen!«
»Das tut ja das neue Rabattgesetz.«
»Na, na! Hauptsächlich bei dem Plunder, den sie sonst nicht loswerden.«
»Sie sind offenbar ein sehr kritischer Verbraucher?«
»Na, klar, weil ich so verbraucht bin.«
»Darf ich Sie für eine andere Umfrage noch um Auskunft bitten: »Mit welchem Politiker würden Sie am ehesten Ihre Wohnung teilen? Mit Schröder, Stoiber, Frau Merkel oder mit Gysi?«
»Na, meine kleene Wohnung ist für die alle zu eng. Also, wenn schon, denn nehme ich den Kleensten. Der nimmt am wenigsten Platz weg.«
»Welchem Politiker trauen Sie zu – nach einem Machtwechsel – die Karre aus dem Dreck zu ziehen?«
»Keinem. Der Dreck hat die Übermacht.«
»Ich hätte noch eine Zusatzfrage zu Ihren Trinkgewohnheiten. Da geht es um Wein. Sie könnten auch eine Probeflasche Mosel-Wein gewinnen.«
»Nee, nee, lassen Sie mal. Im Mosel-Wein ist zu viel Mosel drin.«
»Haben Sie den schon mal probiert?«
»Ich war mal mit unserer Seniorengruppe bei einer

Weinprobe. Da haben sie mir zwei Kisten mit zwölf Flaschen aufgebunden. Die hole ich immer vor, wenn ein Besuch zu lange bleibt.«
»Hihihi. Das Institut für Trendforschung dankt Ihnen, Frau Küster. Sie hätten übrigens auch Anspruch auf eine Probepackung mit Fertigsuppen! Soll ich sie Ihnen zusenden?«
»Nun lassen Sie doch die Drohungen, Fräulein!«
»Na, gut. Einen schönen Tag noch!«

Oma und die Weißen Nächte

Omas beste Freundin Else war stinksauer: »Ich hab ja schon lange geahnt, daß da irgendwas läuft zwischen dir und dem Fahrlehrer.«
»Da ist ein Lehrgang gelaufen, sonst nichts«, stellte Oma klar.
»Der Lehrgang war aber nicht leer von Gefühlen der gegenseitigen Sympathie.«
»Na, schön. Und?«
»Dann bist du so wild drauflosgefahren, daß gleich der nächste Lehrgang mit dem Herren fällig wurde.«
»Das kurze Wettrennen mit den Weißen Mäusen wurde nicht für den Herrn, sondern für den Akku veranstaltet.«
»Laß doch das unschuldige Gerät aus dem Spiel. Der Fahrlehrer muß ja auch blind gewesen sein, daß er dich in diesem Zustand auf die Menschheit losgelassen hat.«
»Na, hör mal! In welchem Zustand?«
»Na, verliebt bis über beide Ohren. Und das in unserem Alter!«
»Ist doch Quatsch, Else!«
»Und als du dein Auto verkauft hast, war das auch eine

Empfehlung von ihm! Was ich dazu meine, hat dich überhaupt nicht interessiert.«

»Weil ich wußte, daß wir beide lieber weiter rumgekutscht wären. Aber die Umstände auf den Straßen sind dagegen.«

»Na, du bist ja versorgt.«

»Was soll denn das nun wieder?«

»Ich hab doch vom Fenster aus gesehen, wie du vorigen Freitag von deinem Fahrlehrer abgeholt wurdest, zur Einkaufstour. Du hattest sogar das helle Kostüm an. Und am Tag davor warst du beim Friseur. Mir machst du nichts vor.«

»Na, dann mach's mir doch nach. Der olle Gustav im Seniorenclub kriegt doch immer Glubschaugen, wenn er dich sieht. Vielleicht macht der mit dir seine Computerspiele?«

»Jetzt wirst du gemein!« rief Else.

»Ich werde gleich noch gemeiner«, zischte Oma. »Der Fahrlehrer hat mich nämlich eingeladen, ihn bei 'ner Busfahrt nach Norwegen zu begleiten. Für ihn ist das dienstlich. Für mich wäre das umsonst. Und wenn ich unterwegs für die Reisegruppe Kaffee koche, dann kann ich noch was dabei verdienen.«

»Na, ich gratuliere! Was wollt Ihr denn in Norwegen?«

»Die Weißen Nächte besichtigen.«

»Die finden doch nur nachts statt? Da schläft ein anständiger Mensch.«

»Dann bin ich eben unanständig und bleibe wach. Wir wollten doch auch mal da hin?«

»Ja, eben. Aber, wenn sich unsere Wege nun trennen ...«

»Nun bleib doch mal auf dem Teppich, Else! Die trennen sich doch nicht, wenn ich 'ne Woche weg bin. Ich kann ihn ja mal fragen, ob da noch 'n Platz frei ist?«

»Als Anstandsdame, damit deine Weißen Nächte keine heißen Nächte werden? Nein, danke! Dann wandere ich lieber mit dem Gustav im Internet durch Norwegen!«
»Na, prima! Und hinterher machen wir einen Erfahrungsaustausch mit Lachs und Aquavit auf dem Tisch!«

Omas Reise startete wie geplant. Der Fahrlehrer war für eine Reisegruppe eingesprungen. Zwei Dutzend Leute waren an Bord, je zur Hälfte Alt- und Neubundis. Der Bus war modern und bequem. Herr Klemke hatte Oma die Eigenheiten der Bordküche erklärt. Omas Kaffee hatte schnell einen guten Ruf und machte auch den Fahrer munter. Unterwegs erklärte er diese und jene Sehenswürdigkeiten. Und selbst, was Oma schon gesehen hatte, sah sie nun mit anderen Augen. Nahe der Müritz standen Zugvögel an der Autobahn Spalier. Ein Herr aus Braunschweig rief: »Lauter Fischreiher!« Seine Frau korrigierte: »Das sind doch Störche!« Herr Klemke griff zum Mikrofon und sagte: »Hier wollen uns Kraniche ›Guten Morgen!‹ sagen. Die machen Rast auf ihrem Flug von Skandinavien nach Andalusien. Diese Vögel sind sehr scheu. Aber seit hier die großen Genossenschaftsfelder entstanden, auf denen sie einen weiten Ausblick auf mögliche Feinde haben, fühlen sie sich offenbar richtig wohl.«
Der Braunschweiger lachte: »Die Kraniche waren offenbar die einzigen, die die LPGs tierisch gern hatten.«
»Ach, da kenne ich einige mehr«, sagte eine ältere Frau. »Sonst hätten die Genossenschaften ja nicht bis heute überlebt.«
Nun entdeckte die Gattin des Braunschweigers: »Die Vögel haben so hübsche rote Federhauben auf!«

Worauf der Fahrer ulkte: »Ohne ihr rotes Käppi hätten die im Osten doch keine Landeerlaubnis gekriegt! Nein, – um bei der Wahrheit zu bleiben: Das sind keine Federn. Das ist die Kopfhaut, die stark durchblutet ist und daher rot leuchtet. Jeder Kranich trägt auch eine etwas anders gestrickte schwarze Krawatte am Hals, damit sich die Paare schneller wiedererkennen. Diese Tiere sind nämlich treu bis ans Lebensende, wie ich.«
An dieser Stelle schickte Herr Klemke einen besonders treuen Blick zu Oma. Die stand aber rasch auf, um neuen Kaffee aufzusetzen.

Als der Bus am Fährbahnhof in Warnemünde Pause machte, kamen Fragen zum Rostocker Hafen. Ein Westberliner meinte: »Verglichen mit Hamburg ist das wohl eher ein Spucknapf, obwohl die DDR den Hamburgern damit das Wasser abgraben wollte.«
Herr Klemke erklärte: »Der Hafen entstand im Mittelalter, als Rostock ein führendes Mitglied der Hanse war. Nach dem Dreißigjährigen Krieg versandeten die Wirtschaft und die Schiffahrt. Im II. Weltkrieg ging der Rest zu Bruch. Und weil sich dann zwischen Hamburg und Rostock politisches Packeis bildete, mußte 1960 der neue Überseehafen gebaut werden. Als Auslauf für die neuen Werften und für den Handel mit 130 Ländern.«
»Was mögen die hier gekauft haben?« fragte der Braunschweiger.
»Dasselbe wie Neckermann, Thyssen und Karstadt«, sagte Herr Klemke.
»Aber das hat doch nicht mal für die eigenen Leute gereicht?«
»Stimmt«, sagte Herr Klemke. »Drum hat es den eigenen Leuten dann auch gereicht.«

Als die Fähre in Gedser gelandet war und der Bus auf Kopenhagen, Göteborg und Oslo Kurs nahm, hatten die Ossis mehr zu fragen als ihre weltläufigen Landsleute. Beim Anblick einer hölzernen Stabkirche meinte ein Mann aus Bernau: »Warum bauen die ihre Kirchen aus Holz? Mit Stein würden sie doch länger halten.«
Herr Klemke fragte zurück: »Wie alt schätzen Sie denn diese Kirche?«
Der Mann druckste: »Zwei-, dreihundert Jahre vielleicht?«
»Diese hier ist älter als Berlin. Sie wurde vor 900 Jahren gebaut! Es gibt noch zwei Dutzend davon. Die Wikinger haben – wie bei ihrer Königshalle – vier Schiffsmaste als Pfeiler hingestellt und dann die Kirche drumherum gebaut. Was wir heute bauen, wird kaum so lange halten.«
Oma erkundigte sich leise: »Wie lange halten Sie denn bei der nächsten Raststelle? Der Kaffee ist alle. Ich müßte neuen kaufen.«
Herr Klemke staunte: »Das hatte ich noch nie. Der ist einfach zu gut. Du solltest öfter mitfahren! – Verzeihung, das ›Du‹ ist mir so rausgerutscht. Aber, wenn es dich nicht stört – ich heiße Werner.«
Dann ging es über die Gipfelstraße der Fjorde entlang in abenteuerlichen Kurven. Aber hinter jeder Kurve wartete ein neuer, atemberaubender Anblick. Hier eine steile Schlucht. Dort ein tosender Wasserfall. Dazwischen ein paar neugierige Elche. Und endlich war dann auch das Hotel erreicht.
Als alle Zimmer verteilt waren, holte Herr Klemke seinen Schlüssel und fragte nach dem Einzelzimmer für Oma.
»Wir haben kein Einzelzimmer mehr frei«, sagte der Portier. »Das Reisebüro hat nur den Fahrer mit Bei-

fahrer angemeldet. Und da das immer Männer sind, haben wir ein Doppelzimmer reserviert.«
Oma hatte den Streit mitbekommen und sagte grollend: »Der Trick ist unter Ihrem Niveau, Herr Klemke! Und unter meinem auch.«
»Ach, weil das Reisebüro mein FAX nicht liest, ›siezen‹ wir uns wieder? Du nimmst natürlich mein Zimmer, und ich suche mir eine Dachkammer oder den Heuschober.«
»Das machst du nicht nach diesem Ritt, sonst bist du morgen kaputt! Vielleicht ist für mich bei den alleinreisenden Damen noch was frei?«
Herr Klemke landete dann bei einem alleinreisenden Herrn. Oma konnte sich in seinem Doppelbett querlegen. Das lag ihr aber nicht, drum fand sie auch keine Ruhe. Kann aber auch sein, daß die erste Weiße Nacht auf sie einwirkte. Der Himmel hatte seine Wolkendecke weit weggeschoben und bot einen hellblauen Mix aus Mondlicht und Sonnendämmerung. Sie ging hinaus auf den Balkon und bekam Lust, die Berge und das Meer zu umarmen. Da meldete sich von einem Balkon über ihr die Stimme des Herrn Klemke: »Vorsicht, Margret! Wenn die Berggeister ein schönes Mädchen sehen, entführen sie es als gute Fee! Das würden 24 Touristen und ein Fahrer sehr bedauern!«
Oma mußte lächeln, blieb aber kühl: »Wenn Sie sich nicht gleich aufs Ohr legen, könnten Ihnen morgen die bösen Geister im Genick sitzen! Ich weiß nicht, ob ich das bedauern würde.«
»Würdest du«, sagte Werner Klemke. »Und einen schönen Kaffee würdest du mir machen, um die Geister zu vertreiben.«
»Kann sein«, sagte Oma. »Aber nicht wegen dir. Nur aus Selbsterhaltungstrieb!«

Sparen wir uns, was sonst noch auf der Fahrt passierte. Obwohl es sehr kurzweilig war. Machen wir den Sprung nach Hause, weil Else dort auf Oma wartete und drängelte: »Nun erzähl mal. Aber laß nichts weg!«
»Ich weiß nicht, was ich da weglassen sollte?«
»Na, dein Techtelmechtel mit dem Fahrlehrer.«
»Der mußte doch fahren. Da war nichts zu techteln. Soll ich dir mal vorrechnen, wieviel Kilometer wir ...«
»Und nachts im Hotel?«
»Da hat er geschnarcht. Also, die Hotels waren ja meist richtige Berghütten. Aber so was von gemütlich ...«
»Woher weißt du, daß er schnarcht?«
»Weil das alle Männer so machen. Wir hatten da übrigens einige Herren aus Westdeutschland bei ...«
»Du bist ertappt, meine Liebe! Wann seht Ihr Euch wieder?«
»Wenn ich an der Fahrschule vorbeigehe und er vor der Tür steht. Übrigens, einmal wäre unsere Reisegruppe fast abhanden gekommen ...«
»Also, ihr seht Euch morgen?«
»Weiß ich nicht. Der muß doch erst seine Abrechnung machen. Was meinst du, was ein Reiseleiter alles um die Ohren hat ...«
»Na, du hast jedenfalls nur noch eins im Kopf, diesen Asphalt-Casanova!«
»Nu mach aber mal 'n Punkt, Else! Der Werner ... ich meine der Herr Klemke, der ist ein grundanständiger Mensch. Sehr belesen. Witz hat er auch. Fahren kann er wie ein junger Gott. Wenn du die Kurven da gesehen hättest! Ich traute mich gar nicht, aus dem Fenster zu gucken ...«
»Konntest du auch nicht, weil du ihn anhimmeln mußtest!«

»Quatsch. Ich wollte schließlich Land und Leute sehen, was dich offenbar überhaupt nicht interessiert!«
»Du irrst, meine Liebe! Ich habe mit Gustav im Internet alles gesehen, was es da zu sehen gibt.«
»Und – schnarcht der Gustav auch?«
»Meine liebe Margret, ich hatte schon öfter den Eindruck, daß du nicht weißt, was sich gehört!«
»Ach, Else, wenn man nur macht, was sich gehört, dann verpaßt man das halbe Leben!«

Oma sucht ein Brautkleid

Omas Freundin Else war beim Fensterputzen von der Leiter abgerutscht. Ein Zeh war gebrochen. Sie trug einen Gipsverband. Und das gerade jetzt, wo ihre Tochter heiraten wollte und sie gebeten hatte, mal nach einem Brautkleid Ausschau zu halten: Nicht weiß, nicht lang, nicht teuer, nicht mitnehmen, nur vormerken. Die Tochter würde in Kürze aus ihrem Dorf bei Stuttgart nach Berlin kommen, um die letzten Sachen vom Umzug abzuholen und selber die Auswahl zu treffen.
Weil Else nun aber bewegungsunfähig war, bat sie Oma, doch mal nachzuschauen, wo es derlei gibt, und was das kosten würde.
Als Oma schon in Hut und Mantel war, rief unsere Tochter Claudia an. Die wollte einen Mantel auf Omas Nähmaschine geändert haben. Oma sagte nur: »Mach ich dir. Aber nicht heute und morgen. Ich muß mich erst um ein Brautkleid kümmern.«
Diese Begründung ließ bei Claudia alle Glocken läuten. Sie rief im Betrieb meiner Frau an und fragte sie: »Weißt du, daß Oma heiraten will?«

Meine Frau erstarrte, als habe sie der Blitz getroffen.
Dann faßte sie sich und rief bei Oma an.
Oma war aber nicht da. Darauf suchte sie die Nummer von Else, weil die beiden oft stundenlang zusammensaßen. Als Else an den Apparat kam, fragte meine Frau nur: »Sag mal, Tante Else, ich höre so merkwürdige Dinge. Hat unsere Oma einen Freund? Kennst du den?«
Else zögerte nicht, ihre längerfristigen Beobachtungen mitzuteilen: »Es geht mich zwar nichts an, aber ich sehe sie seit Wochen des öfteren mit ihrem Fahrlehrer zusammen. Daß sie mit dem sogar in Norwegen war, wißt ihr wohl?«
Meine Frau stammelte: »Aber sie wurde doch zu diesem Aufbaukurs in der Fahrschule verdonnert. Und in Norwegen gehörte sie doch zu der Reisegruppe?«
Else räusperte sich und korrigierte: »Der Nachhilfekurs wurde ihr nahegelegt, aber nicht dieser Fahrlehrer. Es gibt schließlich Hunderte Fahrschulen. Aber der Mann ist wohl ihr Jahrgang. Und Norwegen war eine persönliche Einladung von ihm. Mit persönlichen Auswirkungen, wie mir schien.«
»Na, das ist ja ein Ding!« staunte meine Frau und legte auf.

Abends erzählte mir meine Frau davon: »Stell dir vor, Oma sucht ein Brautkleid, weil sie in der Fahrschule einen älteren Herren kennengelernt hat, der sie – quasi als Hochzeitsreise mit nach Norwegen genommen hat.«
»Na, ist doch schön«, sagte ich.
»Mehr hast du dazu nicht zu sagen?« fragte meine Frau.
»Ich kenne den Mann doch nicht«, sagte ich.

»Na, ich kenne ihn ja auch nicht. Die Else scheint stocksauer zu sein.«
»Das nennt man ›Stutenbissigkeit‹«, sagte ich.
»Du nun wieder!«

Was wir beide nicht ahnten, war das, was unsere Kinder aus den Stichworten machten. Die alarmierten andertags nämlich alle Spielgefährten unserer Sippschaft mit dem Ruf: »Oma heiratet einen alten Busfahrer aus Norwegen, damit er ihr Nachhilfe gibt! Sie hat bloß noch kein Brautkleid.«
Die Kinder meines Schwagers waren entzückt, weil sie eine saustarke Mega-Party daraus machen wollten. Sie bedrängten daraufhin ihre Eltern, unbedingt das Sparschwein zu schlachten, um Oma ein Brautkleid zu schenken. Was meine Kinder als supergeile Idee unterstützten.
Wegen der Geldsammelaktion rief meine Schwägerin abends bei mir an:
»Ist deine Frau nicht da?«
»Die ist zur Elternversammlung.«
»Wie findest du denn, daß Oma heiratet?«
»Das ist ihr gutes Recht«, sagte ich.
»Du findest das normal von Oma?«
»Na, klar. Sie war doch die meiste Zeit ihres Lebens verheiratet.«
»Ja, schön. Aber jetzt, in ihrem Alter?«
»Es gibt keine gesetzliche Begrenzung des Heiratsalters, soviel ich weiß.«
»Aber doch eine biologische!«
»Elizabeth Taylor begründete ihre fünfte Hochzeit mit dem Spruch: ›Eine alte Geiß leckt auch gern Salz!‹«
»Ja, schön, und mein Vater sagt immer: ›Je öller, je döller!‹ Aber Oma ist doch ein vernünftiger Mensch.«

»Na, eben. Drum wird sie sich das schon überlegt haben.«
»Wer ist denn der Glückliche?«
»Soviel ich gehört habe, ihr Fahrlehrer.«
»Also doch! Ihr habt davon gewußt und uns nichts gesagt?«
»Das war doch bloß eine Zufallsbekanntschaft!«
»Die jetzt im Brautkleid endet! Was ist denn das für einer?«
»Weiß ich nicht.«
»Das gibt es nicht! Dann wissen wir doch gar nicht, ob der zu Oma paßt?«
»Reicht es nicht, wenn Oma das weiß?«
»Also du hast ja Ansichten! Wann kommt denn deine Frau zurück?«
»Das kann spät werden.«
»Egal, ich ruf noch mal an. Unsere Kinder sammeln nämlich schon für das Brautkleid! Sag ihr mal: Wir kratzen 150 Euro zusammen. Mehr geht im Moment nicht. Wenn Ihr das auch macht, dann muß Oma schon mal nicht im Hemd zum Standesamt. Hauptsache, sie stürzt sich nicht ins Unglück!«

Als meine Frau von der Elternversammlung nach Hause kam, erzählte ich ihr von dem Anruf, den unsere Kinder ausgelöst hatten. Da hat sie sich erst mal scheckig gelacht und gesagt: »Unsere Claudia hat sich bestimmt verhört.«
Wir riefen Claudia dazu, aber die war bereit zu schwören, daß Oma gesagt hatte, sie habe zwei Tage keine Zeit, weil sie sich um ein Brautkleid kümmern muß.
Ich präzisierte die Frage: »Sagte sie ›*ein* Brautkleid‹ oder ›*ihr* Brautkleid‹?«
Claudia zuckte die Schultern.

»Ist doch Unsinn!« intervenierte meine Frau. »Wer läßt sich von Fremden ein Brautkleid aussuchen?«
Ich sagte: »Du hast doch danach mit Else gesprochen?«
»Nur, um zu hören, ob Oma wirklich einen festen Freund hat,« erklärte meine Frau.
»Was heißt ›fester Freund‹?« wollte ich wissen. »Früher hat man geheiratet, nachdem man sich kennengelernt hatte. Heute läßt man sich scheiden, *weil* man sich endlich kennengelernt hat.«
»Du kennst Oma nicht!« trumpfte meine Frau auf.
»Stimmt«, sagte ich. »Aber ich kenne ein norwegisches Sprichwort: ›Einen Wasserfall kann man ebensowenig aufhalten wie die Heiratspläne einer Witwe!‹«
»Na, so nötig hat es Oma wohl auch nicht!«
»Was wissen wir über die Nöte der jungen Alten? ›Alter Span brennt leicht an!‹« gab ich zu bedenken.
»Du hast recht«, sagte eine Frau. »Bei Oma muß man auf alles gefaßt sein. Ich würde es ihr ja auch gönnen.«
»Wir haben ihr nichts zu gönnen! Das steht ihr zu.«
»Gewiß, aber der klare Verstand sagt doch ...«
»Liebe und Verstand, die gehn nicht Hand in Hand!«
»Nun hör doch endlich mit deinen blöden Sprüchen auf!«
»Wieso denn? Da steckt die Weisheit der Jahrhunderte drinnen!«
»Hier geht es aber um die Unberechenbarkeit von Oma!«
»Die finde ich gar nicht unberechenbar.«
»Aha. Und für wann rechnest du dir ihre Hochzeit aus?«
»Alt und alt gesellt sich bald!«
Nach einem hörbaren tiefen Atemzug griff meine Frau zum Telefon. Kurz darauf war Oma dran.
Meine Frau fragte mit dem Tonfall eines Staatsan-

waltes: »Ist es wahr, daß du ein Brautkleid suchst?«
»Das stimmt. Ich habe aber noch kein's gefunden. Weißt du nicht einen Laden in der Nähe?«
»Und wenn ich einen wüßte?«
»Na, dann würde ich da morgen mal vorbeigucken.«
»Aber Oma! Suchst du was in deiner Größe?«
»Quatsch! Für Elses Tochter. Die trägt 'ne Vierzig. Das soll aber nicht weiß und nicht lang und nicht teuer sein.«
»Na, Gott sei Dank! Da fällt uns aber ein Stein vom Herzen!«
»Wieso denn? Glaub man nicht, daß das leichter zu finden ist!«
»Wir hatten schon Angst, daß du dich ins Unglück stürzen willst!«
»Hör mal zu, Töchterchen: Ein Unglück ist, wenn man jeden Morgen mit sich alleine frühstückt und keiner aus der Zeitung vorliest. Und wenn man Tag für Tag Mittag kocht, ohne daß einer sagt: ›Das schmeckt aber gut!‹ Meinetwegen kann er auch sagen: ›Das ist versalzen!‹ Dann zwinker ich ihm zu und sage: ›Das macht die Liebe!‹«
»Sag mal Mutter: dich hat's wohl auch erwischt?«
»Na, glaubst du, ich bin aus Holz? Oder ich warte bloß noch auf den Sarg?«
»Sollst du ja nicht. Aber in deinem Alter will das dreimal überlegt sein.«
»Paß mal auf, meine Kleine: Ich überlege das so lange, wie ich das für nötig halte. Und wenn ich den Spruch – von wegen: ›In deinem Alter!‹ – noch mal von Euch höre, dann gehe ich morgen *zwei* Brautkleider aussuchen! Denn meine Mutter sagte immer: ›Lieb, als lebst du immerfort, leb, als müßt' du morgen fort!‹«

Oma schreibt ans Werbefernsehen

»Klappern gehört zum Handwerk.« Aber als unsere Oma dies von ihrer Oma hörte, da waren die Handwerker noch auf Rosen gebettet und nicht auf Disteln. Da standen sie noch auf »goldenem Boden«, nicht auf Falltüren. Die härtere Konkurrenz verlangt härtere Werbestrategien: »Wer nicht wirbt, der stirbt!«
Doch auch der Sinn und Zweck der Werbung haben sich gewandelt. Früher ging es darum, die Gebrauchseigenschaften eines Produktes bekanntzumachen, um die Bedürfnisse der Käufer zu befriedigen. Heute, in der Überflußgesellschaft, geht es um die Erzeugung immer neuer Bedürfnisse, damit die Leute Sachen kaufen, die sie eigentlich gar nicht brauchen, und mit Geld bezahlen, das sie eigentlich gar nicht haben.
Solche Art Dummenfang verlangt besonders kluge Werbestrategien. Und weil Deutschland – nach Ansicht der jeweiligen Bundesregierung – nur erblühen kann, wenn es so amerikanisch wie möglich wird, sind Inhalt und Methodik der Werbung eng an das amerikanische Vorbild angelehnt. Kein Land versteht besser, den Erdball mit seinen Produkten zuzuschütten und dafür zu sorgen, daß die Japaner ihre Reisschüssel wegschieben und zu Hot-Dogs greifen, daß die Afrikaner ihren Durst nicht mit Kokosmilch, sondern mit Cola löschen und daß selbst in Schottland mehr Jeans als Röcke getragen werden.

Dank des Kabelfernsehens und der weltweiten Satellitenübertragungen können nun auch deutsche Hausfrauen täglich tausend amerikanische Tips für eine moderne Lebensführung erhalten. Und wenn da leibhaftige Amerikaner im Werbespot agieren, erhält man nebenher auch verblüffende Eindrücke vom hohen Kulturniveau dieser Führungsmacht der neuen Welt. Mich jedenfalls fasziniert es immer aufs neue, wenn da ein quirliger Mann mit blaukariertem Hemd und roten Hosenträgern in handgreiflicher Taubstummensprache auf eine gänzlich ungebildete dürre Dame einredet, um der endlich klarzumachen, daß sie ein Leben lang ihre Wohnung nicht richtig saubergemacht hat, weil sie den Turbo-Saugfix III mit den 27 Zusatzgeräten nicht kennt. Oma kannte dieses Gerät auch nicht. Aber eines Tages war sie aus purer Langeweile in jenem Fernsehkanal vor Anker gegangen, wo derlei rund um die Uhr angeboten wird. Ich kam zufällig vorbei und konnte es miterleben.

Die Botschaft der Firma Saugfix ist im Grunde ganz einfach: Gesäuberte Teppiche sehen sauberer aus. Da das auch Kleinkinder wissen, würde keine Hausfrau gebannt zuschauen, wenn die Werbeaktion losgeht. Deshalb muß sie anders losgehen. Hier griff man zum Schock: »Hhhhaaahhhh! Oh, Gott, oh, Gott! Der Rotwein auf dem schönen Teppich! Wo ist ein Lappen?«
Während nun das Dummerchen von Hausfrau mit den Lockenwicklern im Haar in die Küche hastet, tritt Billie-Boy ins Bild. Das ist der Mann mit dem blaukarierten Hemd und den roten Hosenträgern. Der ruft nun: »Stop, Catheline! Da nimmt man doch keinen Lappen.«
Sie eilt verstört zurück: »Ja, was denn sonst?«
»Wollten Sie jetzt wirklich einen Lappen holen, Catheline?«
»Gewiß doch, Billie-Boy.«
»Oh, nein, ich kann's nicht glauben!«
»Aber der Fleck wird doch immer größer!«

»Mit einem Lappen reiben Sie aber alles noch tiefer in die Poren! Schauen Sie mal, was ich Ihnen mitgebracht habe: Das ist der Turbo-Saugfix III von General-Electric mit dem handlichen Zusatzgerät für die porentiefe Dampfreinigung!«

Nun würde jede deutsche Hausfrau sagen: »Na, denn mach mal!«

Anders im amerikanischen Werbefernsehen. Da hat die Hausfrau zu fragen: »Wasser auf meinen Teppich? Oh, nein, Billie-Boy, das kann nicht Ihr Ernst sein!«

»Kein Wasser, Catheline, Dampf! Weil der in jede Ritze dringt und jeden Eindringling aus Teppichen und Polstern verdrängt.«

»Eindringlinge? In meiner Wohnung? Das ist ein übler Scherz, Billie-Boy!«

»Irrtum, Catheline! Das sind üble Mitbewohner. Schauen Sie hier, ich habe ein Fahndungsfoto ... So sehen sie aus.«

»Igitt, igitt! Was sind denn das für Raubtiere? Die habe ich nie gesehen.«

»Die kann man auch nicht sehen, Catheline. Das sind Milben. Wir haben sie tausendfach vergrößert. Aber die lauern in allen Textilien. Die wirbeln bei jedem Luftzug durch den Raum. Die nisten dann in jeder Nase und in jeder Lunge. Die verursachen dann Allergien. Vom trockenen Husten bis zum chronischen Siechtum ist es dann nur ein kleiner Schritt.«

»Oh, nein, Billie-Boy, hören Sie auf! Ich habe schon das Kratzen im Hals! Sagen Sie, was man dagegen tun kann.«

Jetzt ist die Dame weichgekocht. Jetzt hat sie den Abgrund ihres Daseins erkannt. Jetzt ist sie bereit, jeden Strohhalm zu ergreifen, der Rettung verspricht. Auch wenn es der bleischwere Druckwasserkessel des

Turbo-Saugfix III ist. Drum schlägt Billie-Boy zu:
»Drücken Sie auf diesen Knopf, Catheline!«
»Auf diesen hier?«
»Auf diesen.«
»Huch, was zischt da so?«
»Das ist der Dampf.«
»Wie bei einer Lokomotive?«
»Wie bei einer Lokomotive! Nun werden wir den Flecken und Milben Dampf machen! Sehen Sie nur ...«
»Ich seh aber nichts!«
»Sie können auch nichts sehen. Der Fleck ist weg!«
»Ich glaub es nicht! Er ist tatsächlich weg. Wo ist er hin?«
»Verschluckt vom Turbo-Saugfix III!«
»Phantastisch, Billie-Boy!«
»Nehmen Sie den Schlauch, Catheline!«
»Wie faßt man den an?«
»Einfach am Griff, Catheline.«
»Mache ich das richtig so?«
»Großartig, Catheline! Was spüren Sie?«
»Nichts, Billie-Boy.«
»Sie können auch nichts spüren, weil der Schlauch superleicht mit Isolierwatte aus der Weltraumforschung präpariert wurde!«
»Aber wie kommen wir jetzt dort unter die Couch?«
»Ganz einfach, Catheline. Mit der abgesenkten Flachbürste.«
»Tatsächlich! Und ohne Bücken. Wissen Sie, welche Kreuzschmerzen mich plagen?«
»Vergessen Sie's, Catheline!«
»Und was kostet das alles?«
»Vergessen Sie's, Catheline! Wenn Sie gleich den Liefervertrag unterschreiben, bekommen Sie sieben Teile gratis dazu:

- Die Plastikkanne für das Auffüllen des Wassertanks.
- Einen Reservestöpsel für die Druckkammer.
- Eine Verlängerungsschnur, wenn Sie mal mit dem Gerät auf die Terrasse wollen.
- Einen Schraubenzieher mit sechs genormten Steckköpfen in Magnetfassung.
- Drei Filtertüten mit unserer patentierten Milbensperre.
- Diese Mini-Kopfhörer, um das Arbeitsgeräusch zu dämpfen und ihre Lieblings-CD anzuhören.
- Und eine modische Haarklemme, damit Ihnen, wenn Sie vor Freude durch alle Räume hüpfen, die Strähnen nicht ins Gesicht fallen.

Dies ist der Moment, wo die Dame des Hauses dem dreisten Eindringling die Füße küssen möchte. Er kann es nur verhindern, indem er ihr den Vertrag unter die Nase hält. Und beim Anblick der beträchtlichen Kaufsumme regt sich dann ihr letzter Zweifel:
»Sagen Sie, Billie-Boy, durch den heißen Dampf wirkt der dicke Teppich mit den Chemiefasern etwas struppig hinterher?«
»Vergessen Sie's, Catheline! Sie nehmen den Teppich einfach hinaus in den Garten, legen ihn auf die Wiese oder über die Wäscheleine, klopfen ihn gründlich aus und bürsten ihn hernach mit einem herkömmlichen Handstriegel glatt.«
»Oh, gewiß, Billie-Boy! Das hat meine Oma auch schon so gemacht.«
»Sie haben eine kluge Oma, Catheline.«
»Gott hab sie selig!«

So weit dieser herzergreifende amerikanische Werbefilm, den ich bei Oma im Kabelfernsehen mitverfolgen

durfte. Oma hatte die ganze Zeit den Kopf geschüttelt. Nun fragte sie mich, welche Briefmarke man für eine Postkarte nach Amerika braucht.
»Wozu das? Willst du das Ding bestellen?«
»Quatsch«, sagte Oma. »Ich will den Leuten bloß mitteilen, daß ich mich im Grabe umdrehen würde, wenn meine Tochter sich so was andrehen ließe.«
»Aber warum guckst du dir diesen Blödsinn an, wenn du die ganze Zeit den Kopf schüttelst?«
»Eben drum!« erklärte Oma. »Mein Orthopäde sagte letztens, ich soll nicht so lange Fernsehen gucken, sonst könnten die Halswirbel blockieren. Ich müßte zwischendurch öfter den Kopf bewegen. Deshalb gucke ich bloß noch Sendungen, wo ich den Kopf schütteln muß. Aber das sind ja zum Glück fast alle!«

Omas Abschiebehaft

Unsere Oma ist »pflegeleicht«. Sie kann aber auch nervig sein. Das liegt weniger an ihrem Charakter als an ihrem Jahrgang. Bei älteren Leuten hat oft die Macht der Gewohnheit die Anpassungsbereitschaft verdrängt. Daraus können Probleme erwachsen. Deshalb heißt es ja: »Einen alten Baum verpflanzt man nicht.«
Umgekehrt möchten wir Oma in einer Kette von Feiertagen nicht einsam zu Hause rumhocken lassen, zumal sie stets – vor Ostern und Weihnachten – ihre »Entlastungshilfe« anbietet. Jedes Mal wird aber eine »Belastungsprobe« für den Rest der Sippe daraus. Allein daß sie die Ordnung liebt, während wir das Chaos beherrschen, birgt Zündstoff. Wenn Oma bei uns die Wäsche gebügelt hat und sie nach ihren Gesichtspunkten in die Schränke verteilt, dann müssen wir wochenlang hinter-

hertelefonieren, um zu erfahren, *wo* wir *was* finden könnten.
Deshalb fragen sich die Ableger-Familien händeringend: »Wer nimmt diesmal Oma?« Ein gewisses Rotationsverfahren erleichtert die Antwort. Doch dann kommen vor jedem mehrtägigen Ortswechsel Omas fünf Fragen, die mehr Sprengstoff bergen als alle internationalen Konflikte der Nachkriegszeit.
Ich kann das hier nur andeuten:
Frage 1: »Wer holt mich denn vom Bahnhof ab, oder soll ich mir da wieder die Beine in den Bauch stehen, bis der Bus kommt? Und dann noch mit 'ner Kirschtorte unterm Arm!«
Frage 2: »Wo soll ich denn bei Euch schlafen? Doch nicht wieder auf der Couch, wo die Gören die tiefe Kuhle reingehopst haben?«
Frage 3: »Ihr müßt mal aufschreiben, was ich für die Kinder mitbringen soll. Aber so, daß die Verkäufer das auch lesen können!«
Frage 4: »Soll ich wieder Wäsche wegbügeln und Kindersachen flicken? Dann muß ich aber meine Nähkiste einpacken, weil Ihr ja nichts aufhebt.«
Frage 5: »Kommt die andere Oma auch mit ihrem alten Blubberkopp? Dann kann ich gleich zu Hause bleiben, denn wenn ich die sehe, werde ich grün im Gesicht.«

Um den Sprengstoff in Omas Fragen zu entschärfen, findet stets zwei Wochen vor ihrem Eintreffen eine Familienkonferenz über vertrauensbildende Maßnahmen statt. Vor dem letzten Besuch hatten wir folgende Antworten an Oma durchgesagt:
1. Dein Sohn holt dich mit dem Auto vom Bahnhof ab.
2. Du schläfst in seinem Bett im Schlafzimmer.

3. Die Kinder brauchen nichts. Schenke ihnen einfach eine Hörspielkassette.
4. Bügeln und Flicken kommt nicht in Frage. Du sollst dich bei uns erholen.
5. Die andere Oma kommt auch, aber allein. Am Tisch sitzt ihr auseinander.

Als Oma dann aber am zweiten Tag, mit zerknittertem Gesicht, wieder abgereist war, weil sie – angeblich – einen Arzttermin in ihrem Kalender übersehen hatte, ergab die Krisensitzung in unserer Familie folgendes Resümee:
1. Die Abholung vom Bahnhof war gescheitert, weil das Auto eine Panne hatte.
2. Das Bett im Schlafzimmer war von den Kindern – genau wie die Couch – so oft als Trampolin mißbraucht worden, daß Oma zum Aufstehen familiäre Hilfe brauchte.
3. Ihre Hörspielkassetten wurden von den Enkeln verschmäht, weil da »Schneewittchen« und »Däumelinchen«, statt »Sternenkrieg« und »Dracula« drauf waren.
4. Die Festvorbereitungen hatten den Wäschekorb doch überquellen lassen.
5. Die andere Oma brachte doch ihren Blubberkopp mit, und der setzte sich immer neben Oma.

Die vorzeitige Abreise war daher eine logische Folge. Soweit – wie gesagt – unsere eigene, selbstkritische Fehleranalyse. Bei einem späteren Telefonat mit Oma legte sie aber Wert auf folgende Berichtigungen:
»Erstens: Daß ich am Bahnhof auf Euch warten mußte, bin ich gewöhnt. Aber dabei ist mir eingefallen, daß Euer Auto zur Hälfte mir gehört, weil Ihr, bis auf eine Rate, noch nichts zurückgezahlt habt. Wenn Ihr arme

Schlucker wäret, wäre mir das egal. Aber drei Wochen Urlaub auf den Malediven und dann stöhnen – das geht nicht!
Zweitens: Jetzt habt Ihr drei Fernseher, aber kein anständiges Bett. Braucht Ihr auch nicht, wenn Ihr Tag und Nacht vor der Glotze sitzt. Aber ich mach mich deshalb nicht zum Krüppel!
Drittens: Wenn Eure Kinder mit der eigenen Glotze bloß Mord und Totschlag gucken, müßt Ihr Euch nicht wundern, wenn sie nicht mit ›Schneewittchen‹ ins Bett wollen.
Viertens: Daß der Wäschekorb überläuft, kann passieren. Aber daß im Schrank kein gebügeltes Hemd mehr ist, geht zu weit! Euer Bügeleisen gehört übrigens in den Müllschlucker!
Fünftens: Daß die andere Oma ihren Alten immer auf meine Pelle rücken läßt, ist schon schlimm. Aber daß der seinen Tageslauf mit Knoblauch anfängt, das ist ätzend!
Wegen alledem fühle ich mich nicht wie auf Besuch, sondern wie in Abschiebehaft! Und deshalb hab ich die Flucht ergriffen.«

Wir haben die nachfolgende Feiertagskette natürlich mit besonderer Vorsicht, Rücksicht und Umsicht vorbereitet. Wir hatten Oma brieflich – mit aufgeklebten Herzen – eingeladen und versichert:
1. Wir kommen alle zum Bahnhof.
2. Wir haben ein neues Bett mit Spezialmatratze gekauft.
3. Die Wäsche geben wir in die Wäscherei.
4. Die andere Oma fährt mit ihrem Blubberkopf in die Berge.
5. Du sollst dich eine Woche lang erholen.
Doch dann kam tagelang kein Echo von Oma. Als wir

mehrfach anriefen, ging niemand ran. Aber nach einer Woche erreichte uns eine große Ansichtskarte vom Sonnenstrand in Teneriffa mit folgendem Text:
»Ich wollte mal Weihnachten im Badeanzug verbringen. Die Else von nebenan hat mich überredet. Das Wetter ist prima für mein Rheuma. Das ist aber auch alles.
Als wir gelandet sind, war kein Bus da vom Hotel. Unser Zimmer ist eine Bruchbude mit Feldbetten. Den ganzen Tag toben die Gören über den Flur. Die Handtücher sind steif wie ein Brett. Die zwei Lustgreise an unserem Tisch machen mich nervös mit ihrem Gequatsche. Ich weiß nicht, ob ich das zehn Tage aushalte. Vielleicht sehen wir uns bald wieder?«

Eigentlich hätten wir uns nun freuen müssen, weil uns die Zustände in Omas Urlaubsparadies rehabilitiert haben. Wäre da nur nicht die drohende Frage offen: Wer nimmt diesmal Oma?
Wir können nur hoffen, daß sie dies hier nicht liest, denn wir lieben sie alle sehr. Und das nicht – obwohl, sondern *weil* sie so ist.

Oma soll zum Kanzleramt

Neulich kam Else zu Oma und fragte:
»Hast du mal ein großes Stück Pappe?«
»Was für Pappe?«
»Na, so metergroß, daß man was raufschreiben kann.«
»Was willst du denn da raufschreiben?«
»Schluß mit der Auseinanderreißung der Familien! Gebt mir meine Kinder zurück!«
»Aha. Und dann?«

»Dann geh ich damit vors Kanzleramt. Kannst ja mitkommen.«
»Ach, so: Einer nimmt das Schild, der andere eine Kerze? Wie früher.«
»Genau!«
»Und dann?«
»Dann warten wir, bis da einer auf Schicht kommt.«
»Und dann?«
»Und dann! Und dann! Dann werden wir ja sehn ...«

Else und Oma haben im früheren Leben im gleichen Betrieb gearbeitet und gefeiert, gelacht und geflucht. Als dann ein reicher Entwicklungshelfer aus Westelbien die Firma aufkaufte, wurden Oma und Else, wie alle Betagten, nach Hause geschickt. Da haben dann beide gelernt, die Rentenpapiere auszufüllen, die Mietverträge zu durchleuchten, die Nebenkosten zu prüfen, die Heizkosten zu senken, den Stromverbrauch zu minimieren, die Wasserkosten zu drosseln, die Versicherungsvertreter abzuwehren, die Rezeptgebühren zu reduzieren, die Haustürgeschäfte abzuwimmeln, die Fernsehkanäle zu finden, die Telefontarife zu durchschauen, die Preisunterschiede zu umschiffen, und was da sonst noch alles unser Leben und die Kassen der Befreier bereichert hat.

Damit hatten sie fünf Jahre zu tun. Doch auch im zehnten Jahr gab es noch Reinfälle. Und weil die Preise stets steiler stiegen als die Rente, mußten sie mächtig auf der Hut sein. Zwar hatten beide beschlossen, nichts als die Beisetzungskosten auf dem Sparbuch zu lassen, aber sie hörten ja bei jedem Gang auf den Friedhof, mit welchem Tempo sich die Sargpreise den Autopreisen näherten. Und wer möchte schon den Kindern zur Last fallen?

Die Kinder waren der wunde Punkt bei Else. Sie ist das, was man ein »Muttertier« nennt. Tag und Nacht dachte sie an »ihre Kleinen«, obwohl die längst über 40 waren und zwanzigjährige Enkel verabschiedet hatten. Aber Elses Sohn war fünfmal arbeitslos, weil es zwischen Elbe und Oder Mode war, nur so lange die Leute einzustellen, wie das Arbeitsamt den halben Lohn zahlte. Die Tochter war dreimal auf Umschulungslehrgängen und hatte stets das gelernt, was nicht mehr gebraucht wurde. Beide Kinder lebten von der Hand in den Mund. Und von den Geldscheinen, die Else ihnen still auf den Küchentisch legte, damit der Kühlschrank was zu kühlen hatte. Die Enkel waren vor zwei Jahren auf ihrer Lehrstellensuche im fernen Stuttgart gelandet. Von dort hatten sie geschrieben, daß Mutti und Papa dort auch Arbeit und Brot finden könnten. Nun packten Elses Kinder die Koffer. Und Else hatte das Gefühl, daß der letzte Sinn ihres Daseins dahin war.

»Und du glaubst, daß dein Pappschild was ändert?« fragte Oma.

»Hat doch '89 auch was geändert.«

»Da ging's um Millionen zerrissene Familien in Deutschland!«

»Heute sind das auch Millionen! Hör doch mal rum im Wohngebiet: Wer noch gut auf den Beinen ist, der läuft weg aus Ostdeutschland, weil das hier ohne Arbeitsplätze zum Altersheim und zum Armenhaus wird.«

»Und was glaubst du, werden die im Kanzleramt dazu sagen?«

»Weiß ich nicht. Werden wir ja hören.«

»Das kann ich dir jetzt schon sagen.«

»Denn sag mal!«

»Mit Verlaub, gnädige Frau, Sie unterliegen einem Irrtum. Damals gab es keine Reisefreiheit!«
»Na, die Freiheit, hierher zu ziehen, hatte die Westverwandtschaft schon. Das wollte bloß keiner. Die haben ja heute noch 'ne Gänsehaut, wenn sie sich mal hergetraut haben.«
»Ja, gut, aber wer von hier nach drüben wollte, mußte sich mit Lösegeld freikaufen.«
»Na, weißt du, wieviel Lösegeld der Umzug nach Stuttgart kostet? Ich hab das schon ausgerechnet: Über 10 000 Euro! Für die im Kanzleramt ist das ein Monatsgehalt. Aber ich muß fünf Jahre sparen!«
»Egal: Jeder darf!«
»Jeder darf jetzt alles. Das ist ja das Verrückte! Die Unternehmer dürfen absahnen. Die Minister dürfen das Blaue vom Himmel reden. Die Kinder dürfen betteln. Und ich darf dann auch mit meinem Pappschild vors Kanzleramt!«
»Klar, Else. Und die dürfen weggucken!«
»Na, und?«
»Bis sie dich wegräumen!«
»Ach, du hast Schiß?«
»Ich hab keine Pappe.«
»Na, gut, dann geh ich die Trude fragen.«
»Mach das. Aber wenn wir dann zu dritt aufmarschieren, sind wir 'ne terroristische Vereinigung! Dann landen wir im Knast!«
»Macht nichts, wenn es nur in der Gegend von Stuttgart ist.«

Oma auf der Wellness-Farm

Eigentlich hätte uns der Werbezettel warnen müssen. Da stand nämlich: »Eine Woche auf unserer Wellness-Farm am Kranichsee, und Sie kommen als neuer Mensch nach Hause!«
Doch weil wir nicht wußten, was wir Oma zum Geburtstag schenken sollten, kauften wir den Gutschein für die Wochenkur. Und weil keiner aus unserer Familie es je geschafft hatte, Oma zu einem völlig anderen Menschen umzukrempeln, trauten wir das auch dem Hauspersonal der Wellness-Farm nicht zu.
Das sollte sich aber als Fehler erweisen. Denn seit Oma von dort zurück ist, gibt es kein Frühstück ohne Frühsport, gehört zu jeder Tasse Kaffee eine Lektion über die wundersamen Heilkräfte des Grünen Tees, ist soviel Brokkoli auf dem Mittagsteller, daß man das Fleisch nicht mehr findet, hört man abends bei ihr nicht die Hitparade der Volksmusik, sondern das meditative Meeresrauschen von einer CD. Und wenn uns ein Unwohlsein plagt, greift sie nicht mehr in ihre alte Hausapotheke, sondern in ihre neue Steinsammlung. Vorher schaut sie auf ein indisches Wandbild, wo der Körper einer Tempeltänzerin in sieben Hauptchakras zerlegt ist, damit man schneller die gestörten Energiezentren findet.
Infolge solcher Entfremdung haben sich unsere Begegnungen deutlich reduziert. Aber Oma ist überzeugt, daß nur ein Feng Shui-Spezialist durch das Umrücken unserer Wohnungseinrichtung nach dem Gesetz der Harmonie von Ying und Yang den Frieden wiederherstellen kann.

Dabei wäre Omas Anreisetag beinahe ihr Abreisetag geworden. Als sie am ersten Abend von der Wellness-Farm bei uns anrief, wetterte sie: »Ihr hättet Euch den Laden hier mal vorher angucken sollen! Auf Eurem Werbezettel sieht das alles wie im Paradies aus. In Wahrheit ist das hier das Ende der Welt. Was die ›Farm‹ nennen, ist ein alter Gutshof. Die Zimmer sind unterm. Dach, wo die Mäuse spazierengehen. Natürlich haben sie Fahrstühle, aber ich trau mich in die Dinger ja nicht rein. Der Swimmingpool ist im alten Kuhstall. Alles neu gekachelt, aber irgendwie denkt man doch immer an warme Milch. Die muß ich abends auch trinken, mit 'nem Löffel Honig, wegen der Nachtruhe. Der Masseur, der mich bearbeitet, muß früher Melker gewesen sein. Der hat mich fast erwürgt mit seinen Pranken! Der Arzt ist ein Weichei. Der redet mich immer mit ›gnädige Frau‹ an, als wenn ich den Laden hier aufkaufen soll. Das Öl, das sie mir auf die Birne gießen, hätte ich mir auch selber kaufen können. Das Fahrrad ohne Räder ist eine ganz gemeine Erfindung. Aber das schärfste ist die Kundschaft: Alles alte Weiber! Und bloß zwei Kerle. Der eine hat Rheuma und der andere Asthma.«

Meine Frau versuchte zu beschwichtigen: »Aber Oma! Die Ruhe und Abgeschiedenheit solltest du genießen. Das gehört zum Programm.«

»Ich hab gar keine Zeit, was zu genießen, wegen dem Programm! Auf meinem Zettel steht: Morgens Ayurveda-Frühstück, Wassergymnastik im Thermalbecken und autogenes Training. Mittags cholesterinsenkende Alternativmahlzeit, Aromaölbad und Lymphdrainage. Wer weiß, was das ist? Und abends verpassen sie mir eine Algenmaske in der Solegrotte und Tiefenentspannung auf medi... medita... meditativem Klangteppich. Also, ob ich mich da rauflege, weiß ich noch nicht!«

Die erste Visite bei Doktor Huber, dem »Weichei«, soll nach Omas Berichten etwa so verlaufen sein:
»Grüß Gott, Frau Küster!«
»Das bin ich.«
»Hat Sie Ihr Hausarzt hierher vermittelt?«
»Nö, das waren die Kinder. Die wußten nicht, was sie mir schenken sollten.«
»Seien Sie dankbar, gnädige Frau, das war eine kluge Idee!«
»Das wird sich rausstellen.«
»Sie sind 68 Jahre alt?«
»Dafür kann ich nichts.«
»Gewiß nicht, gnädige Frau! Zumal uns hier mehr das biologische Alter interessiert.«
»Ach, so? Versteh schon: Man ist immer so alt, wie man sich fühlt.«
»Irrtum, gnädige Frau! – Wie man sich *anfühlt*! Aber das kriegen wir alles hin. Haben Sie irgendwelche akuten Leiden?«
»Nö. Nur immerzu Kreuzschmerzen.«
»Und was haben Sie dagegen unternommen?«
»Nichts. Was alleine kommt, muß alleine gehn.«
»Ist denn Ihr Leiden wirklich alleine gekommen?
»Wenn Sie so fragen, glaube ich, mehr durch die Treuhand.«
»Durch die Treuhand? Wie das?«
»Die hat unseren Betrieb verhökert. Seitdem sitze ich rum und hab viel zuviel Zeit, auf dieses und jenes Zipperlein zu achten. So wird man dann zum Wendekrüppel!«
»Seltsame Begründung.«

»Nun ja. Mehr soziologisch als medizinisch. Das war ja nicht Ihre Fakultät?«
»In der Tat nicht. Dann lassen Sie uns doch zunächst versuchen, ihren Schmerzen mit medizinischen Mitteln Beine zu machen.«
»Neue Beine wären gut. Die Knie sind ein bißchen wackelig geworden.«
»Leben Sie allein, wenn ich fragen darf?«
»Mein Mann ist schon fünf Jahre tot.«
»Das muß ja nicht heißen, daß Sie Single sind?«
»Nein, nein. Ich bin umzingelt von manchen Herren. Aber ich hab mit keinem was. Aus dem Alter bin ich raus.«
»Hoffentlich nicht, gnädige Frau! Alter schützt vor Liebe nicht, aber Liebe vor dem Altern!«
»Na, hören Sie mal, Doktor, ist das hier 'ne Heiratsvermittlung?«
»Es ist die Philosophie unserer Wellness-Farm, daß unser Anti-Aging-Programm durch erbauliche Individualkontakte nur unterstützt werden kann. Denn ohne Partnerschaftsbeziehungen ist der Mensch ...«
»Ich weiß: Wie ein Fisch ohne Fahrrad! Aber ich komme ganz gut zurecht so.«
»Na, dann bücken Sie sich mal, und versuchen Sie mit den Händen die Zehenspitzen zu berühren! ... Sehen Sie ... alleine können Sie sich nicht mal die richtige Salbe aufs Kreuz schmieren!«
»Nun erzählen Sie mir nicht, daß die Kerle gerade darauf scharf sind!«
»Wahre Liebe, gnädige Frau, bindet sich nicht an die Stärken einer Frau, sondern an ihre Schwächen!«
»Na, dann werde ich hier noch sehr beliebt!«

Als Oma dann wieder auf ihrem Zimmer war, begann sie, die vielen Hefte über alternative Heilmethoden zu studieren.

Das Heft über die Geheimnisse der Akupunktur machte ihr eine Gänsehaut, weil da von 361 Einstechpunkten die Rede war. Zwar betonte die Einleitung, daß die Chinesen seit 3 000 Jahren sagenhafte Erfolge damit hätten. Aber vielleicht waren die Leute dortzulande deshalb so klein, weil man immerfort die Luft aus ihren Körpern rauspiekte?

Die Aroma-Therapie fand Oma sehr verlockend. Ätherische Öle verströmen ihren betörenden Duft und heilen unmerklich Körper und Seele. 1 000 Gerüche gegen 100 Krankheiten – ist doch klar, wer da siegt! Zum Beispiel Vanille gegen Depressionen.

Das mit dem indischen Chakra war ihr vorerst zu kompliziert, weil da von dem »Dritten Auge« die Rede war. Sie glaubte nicht, daß man damit besser sehen könnte. Aber das Auflegen von Edelsteinen als energetische Heilmittel, deren Schwingungen Körper und Geist harmonieren, fand sie ganz putzig. Den schmerzlindernden Rosenquarz würde sie aufs Knie legen. Der dunkelgrüne Malachit würde ihr Herz stärken ... Leider stand dabei, daß diese Methode sehr umstritten ist und keinesfalls den Chirurgen ersetzt.

Um so glücklicher war Oma, als am dritten Tag ihre Kreuzschmerzen nachließen, ohne daß ein Chirurg als Messerwerfer auf sie gezielt hatte. Ihre Telefonate klangen dann auch schon viel freundlicher:

»Kennt Ihr ›Power-Yoga‹? Kennt Ihr nicht! Könnt Ihr auch nicht kennen! Weil das eigentlich nur die Asiaten machen. Die Engländer und die Amis auch. Bloß die Deutschen – sagt der Doktor – sind zu rückständig. Drum wären von ihren 130 Betten hier die Hälfte

immer leer. Weshalb sie nun mit doppelter Wucht auf denen rumkneten, die sich hergetraut haben. Ich habe fürchterlichen Muskelkater. Aber was meine Kreuzschmerzen sind, die lassen tatsächlich nach. Die Therapeuten streiten nun bloß, wem ich das zu verdanken habe.
Der Masseur mit den Bärentatzen meint, er hätte den Kreuzschmerz aus meinem Halswirbel rausgequetscht. Kann schon sein, so wie der zulangt.
Dann haben wir aber noch eine Tante für die Bindegewebsmassage, und die schwört, daß ihre Fingerübungen meinen Stützapparat gestärkt hätten.
Da meint nun aber die Tussi von der Fußsohlenreflexmassage: Das wäre, weil sie unter meinem großen Zeh den elften Meridian gefunden hätte, über den sie meine Selbstheilungskräfte aktiviert kriegt.
Könnt Ihr Euch vorstellen, wie stinkig ich bin?«
»Aber Oma, wieso denn das?«
»Na, wenn ich gewußt hätte, daß ich solche Selbstheilungskräfte im großen Zeh sitzen habe, dann hätten wir uns doch das ganze Geld sparen können!«

Oma tröstet Basti

Für Oma war es ein gewöhnlicher Tag. Doch dann kam zu ungewöhnlicher Zeit ihr jüngster Enkelsohn Bastian.
»Nanu«, fragte Oma, »ist was passiert?«
Bastian schüttelte den Kopf.
»Komm rein! Soll ich dir 'n Kakao machen?«
Bastian nickte. Aber seine Mundwinkel hingen herab bis auf die Schultern. Und die Schultern hingen herab bis zum Gürtel. Um Omas Fragen erst mal abzubie-

gen, sagte er: »Seit gestern ist Winterzeit. Sind deine elektronischen Uhren schon umgestellt?«
»Nee. Mach mal! Du weißt ja: Ich geh da nicht ran.«
Basti fingerte an der Radiouhr, am Videorekorder, am Wecker. Dann meinte er: »Es gibt Funkuhren, die holen sich die gültige Zeit selber vom Satelliten. Ich kann dir solch einen Wecker besorgen.«
Oma winkte ab: »Mir reicht, wenn du meinen auf Trab hältst.«
»Ist doch ganz einfach«, sagte Bastian.
»Ja, ich weiß. Bloß, wenn ich das versuche, komme ich immer in die Zeitzonen auf den Bahamas. Und bis ich die Gebrauchsanweisung durchgespielt habe, ist wieder Sommerzeit. Aber nun setz dich mal hin. Du bist doch nicht wegen der Winterzeit gekommen?«
»Na, doch«, meinte Basti.
»Das sieht mir aber mehr nach Winterzeit in deiner Seele aus.«
»Wieso? Was sieht man denn?«
»Was im Herzen brennt, man im Gesicht erkennt!«
Nun kaute Basti an seiner Unterlippe. Dann fing er an zu schluchzen. Und als Oma ihn dann in die Arme nahm, kam stoßweise hervor, was ihm auf der Seele lag:
»Die Tini geht mit einem anderen.«
»Wer ist Tini?« fragte Oma.
»Na, die Doofe mit den langen Haaren.«
»Warum nimmst du denn so 'ne Doofe?«
»Zuerst war die ja nicht doof. Wir haben uns prima verstanden. Die hat dieselben Disketten wie ich. Wir waren schon dreimal im Kino. Und beim Nintendo hab ich sie immer gewinnen lassen.«
»Das ist ja richtig nobel von dir. Und nun macht dich der Undank fertig?«
»Die hat auf meine letzten SMS nicht mehr geantwor-

tet. Und heute ist sie nach der Schule mit dem Tobias abgehauen. Ich bin hinterher und hab sie beide ins Kino gehen sehn!«
»Warum bist du denn nicht mitgegangen?«
»Ich kenne doch den Film.«
»Wußte sie das?«
»Na klar.«
»Vielleicht wollte sie auch endlich den Film sehen?«
»Sie kennt ihn genau wie ich.«
»Hoppla! Das ist natürlich verdächtig! Dann will'se womöglich im Dunkeln knutschen.«
Bastian schluckte: »Die will mich bloß eifersüchtig machen!«
»Na, das hat sie ja nun auch geschafft«, meinte Oma.
Nun wurde Basti von einem lautlosen Weinen geschüttelt, daß Oma ihn noch fester an sich drücken mußte.
»Weißt du, Basti, als ich so alt war wie du, oder wie deine Tini, da war mir auch über Nacht so, als wenn ich von der Raupe zum Schmetterling geworden wäre. Und dann hab ich die Flügel geschwenkt und bin losgeflattert, von einer Blume zur anderen. Ich wußte erst gar nicht, wie die heißen und wie die riechen. Es reichte, daß sie bunt waren, dann mußte ich mal hingucken. Das war keine Liebe. Das war bloß Neugier und Langeweile. Und das legte sich dann auch bald.«
»Wie lange dauert denn so was?« fragte Bastian.
»Das ist verschieden. Jeder Mensch ist eben anders gestrickt. Weißt du noch, wie wir beide Puzzle-Spiele zusammengelegt haben? Wie oft haben wir das wieder auseinandergezupft, weil die Farben doch nicht so richtig zueinander paßten?
Mit den Menschen ist das noch viel komplizierter. Jeder

hat hundert Ecken und tausend Farben. Wenn dann mal achtzig Prozent zusammenpassen, kannst du schon froh sein. Der Rest schleift sich mit der Zeit ab. Das kann aber auch ewig klemmen. Mit Zange und Schere ist da nichts zu machen. Das tut weh. Und der andere gehört dir nicht. Jeder muß was für den anderen abgeben und aufgeben. Das muß aber kein Verlust sein. Der andere gibt dir ja auch was von sich, was dich reicher machen kann.«

Bastian guckte Oma mit ratlosen Augen an: »Meinst du Geld?«

»Nee, meine ich nicht. Aber, wenn du schon davon anfängst: Vielleicht hat Tini gesagt: ›Den Film gucke ich mir noch mal an!‹ Und vielleicht hast du dann gesagt: ›Zweimal Geld für einen Film ist doch doof!‹«

Bastian schluckte und meinte: »Ist es ja auch.«

»Na, gut. Aber wenn ihr das Spaß macht, dann stehst du da! Ich möchte mal hoffen, daß du kein Knickstiefel wirst.«

»Wieso Knickstiefel?«

»Es gibt ja Dinge, die muß man nicht haben, aber man möchte sie trotzdem. Oder deine Freundin jiepert darauf. Dann mußt du eben auch mal Kavalier sein und was von deinem Taschengeld spendieren. Ein Eis, oder 'ne Cola, oder 'ne Kinokarte.«

»Die hat doch selber Taschengeld! Kino ist teuer.«

»Stimmt. Das tut heutzutage schon weh. Aber nun hockst du hier mit Liebeskummer. Das tut auch weh! Paß mal auf: Ich gebe dir was für 'ne Geheimkasse. Da greifst du aber nur rein, wenn dir ein nettes Mädchen sonst abhanden kommt. Und wenn sie das auch mal so macht. Verstehst du?«

»Pfff!« machte Bastian. »Da hol ich mir lieber 'ne neue CD.«

»Und was nutzt das? Tanzen kannst du sowieso nicht alleine.«
»Ich finde das ätzend mit dem Geld.«
»Ich auch. Am besten ist, wenn man so viel Geld hat, daß man nicht immerzu zittern muß. Aber so viel haben wir beide nicht. Und die genug davon haben, die wollen immer noch mehr.«
»Sagt Papa auch. Bis sie daran ersticken!«
»Die ersticken aber nicht. Die werden immer mächtiger und dreister.«
»Dann muß man ihnen das Geld wegnehmen!«
»Das ist nicht so einfach, Junge. Die haben sich Polizisten gekauft und ihre Häuser zu Festungen gemacht. Die haben sich Parlamentarier gekauft und Gesetze gemacht, damit sie immer recht haben. Die haben sich Zeitungen und Sender gekauft, die erzählen, daß die Reichen ganz arme Schweine sind. Also, wenn du denen einen Löffel Sahne wegnehmen willst, denn brauchst du einen ganz langen Löffel und viele, die mit anfassen.«
»Hast du denn so'n Löffel schon mal gesehen?«
»Wir hatten sogar schon mal ein Stück vom Stiel in der Hand!«
»Und warum habt ihr ihn nicht gegriffen und behalten?«
»Tja, Junge, das ist eine lange Geschichte. Aber eines Tages werde ich dir das erklären.«
»Aber Oma! Du hast doch nie Zeit.«
»Dafür nehme ich mir die Zeit. Das ist versprochen. Ich laß dich nicht verblöden!«
»Wieso verblöden? Ich geh in die Schule, ins Kino, und Fernsehen gucke ich doch auch.«
»Eben drum!«
»Verstehe ich nicht.«

»Da haben wir's! Nu trink mal deinen Kakao aus. Das gibt Kraft. Und die wirst du brauchen!«
»Für den langen Löffel?«
»Für den langen Weg zum langen Löffel!«

Günter Herlt bei Eulenspiegel

Ratgeber: Wie wird man Wessi

»Wie wird man Wessi« signalisiert eindeutig, welches Thema Günter Herlt hier aufgreift: das schwierige Verhältnis von Alt- und Neubundesbürgern. Herlt gibt aber fairerweise zu, daß es unter den Ossis genausoviele Spinner, Flachzangen, Wichtigtuer wie unter den Wessis gibt – nur sind die halt viermal soviel und meist an Positionen, auf denen sie vorgeben können, wo es langgeht.

160 Seiten, 5,00 EUR, ISBN 3-359-01419-7

Günter Herlt
bei Eulenspiegel

... so wunderschön wie heute

Was haben wir nicht schon alles darüber nachlesen können, wie das war, als wir »Wahnsinn« brüllend den Westen erstürmten. Doch das war nur der Anfang! Was gab es dann nicht alles zu wenden, bis es so wunderschön wie heute wurde! Güner Herlt erinnert in seiner Wendechronik an bedeutende Ereignisse und herausragende Persönlichkeiten, sozusagen an die »echten Highlights« und »Meilensteine« auf dem Weg zur deutschen Einheit.

144 Seiten, 5,00 EUR, ISBN 3-359-01429-4